온라인 게임의 신부는
여자아이가 아니라고
생각한 거야?
Lv.17
Kineko shibai
키네코 시바이 지음
ill:Hisasi

CONTENTS

And you thought there is Never a girl online?

DESIGNED BY AFTERGLOW

온라인 게임의 신부는 여자아이가 아니라고 생각한 거야?

Lv. 17

키네코 시바이 지음
Hisasi 일러스트
이경인 옮김

프롤로그
“오타쿠입니다만 무슨 문제라도?”

온라인 게임 안에서는 현실 이야기는 하지 않는다— 그래. 수도 없이 말했어.

하지만 전혀 하지 않는 건 아니야.

아무래도 일상 화제는 나오는 법이니까. 친한 친구한테는 학생이라는 게 들켰을 거고, 딱히 신경 쓸 일은 아니야.

그래서 같은 학생이라는 걸 알아챈 사람이 현실 화제를 들먹이기도 해.

내 쪽에서 하지 않을 뿐이지, 상대방이 이야기하는 걸 일부러 막을 필요는 없으니까.

그러면 가끔 이런 이야기를 할 때도 있어.

◆코시 : 나, 실은 말이지~.

창을 장비한 기사 직업, 코시가 진지한 이야기라는 전제를 두고 말했다.

◆코시 : 학교에서 오타쿠라는 의심을 받고 있거든~.

그래서? 하고 대충 흘려버렸다.

본인은 진지한 이야기라고 하니까, 일단 제대로 들어야 하나?

◆루시안 : 의심받고 있다는 건, 오타쿠가 아닌 거야?

◆코시 : 뭐, 세간에서 일반적으로 말하는 오타쿠 같은 면은 있지만~.

◆루시안 : 그럼 그냥 사실 아닌가?

◆코시 : 그런 이야기가 아니잖아~.

뭐가 아니라는 거지?

오타쿠라는 의심을 받는다니— 아니, 온라인 게임 하는 녀석은 전부 오타쿠인 셈이니까.

◆루시안 : 오타쿠입니다만 무슨 문제라도? 라고 말하면 되잖아.

◆코시 : 그렇게 간단히 말하는데~.

창을 땅바닥에 빙글빙글 돌리던 코시가 말했다.

◆코시 : 왠지 노골적으로 바보 취급하는 분위기라서, 동의해도 되겠다는 느낌이 아니었다니까~.

◆루시안 : 그걸 좀 자세하게.

◆코시 : 뭔가 모에 캐릭터 같은 걸 볼 때마다 이런 거 좋아하지~? 라고 물어보고~. 애니송 같은 게 방송에서 나오면 나를 쳐다보기도 하고~.

◆루시안 : 아아…… 그런 거 귀찮지…….

있지. 그런 거 있지.

유행하는 애니를 전부 보고 있다고 생각하고. 낮 방송에서 애니송이 나오면 일단 나한테 제목을 물어본다.

◆코시 : 뭐, 대부분은 알고 있지만~.

◆루시안 : 그렇긴 하지.

그리고 곤란하게도 진짜 알고 있단 말이지.

그건 넘어가고.

◆루시안 : 그래서 어쩌고 싶은 건데?

◆코시 : 물어볼 때마다 그렇게까지 오타쿠는 아니라며 넘기고 있긴 한데~.

◆코시 : 진짜 리얼충은 오타쿠냐고 물어오면 어떻게 대답하나 싶어서~.

◆루시안 : 진짜는 어떻게 하느냐, 라…….

그렇게 물어봐도, 나는 인정해버리는 타입이니까.

◆루시안 : 나는 잘 모르니까, 물어볼까.

그래서 인터뷰를 감행하기로 했다.

◆유윤 : 이제 완전 오타쿠라서 위험해. 좋아하는 만화는 투피스입니다, 라고 말해.

◆카보땅 : 오오오오오오타쿠 아니거든!

◆바츠 : 뭐?(위압) 이거면 ㅇㅋ

◆디 : 나 진짜 오타쿠인데ㅋㅋㅋ 으엑ㅋㅋㅋ

이런 결과가 나왔습니다.

◆루시안 : 이거 전원 오타쿠잖아.

◆코시 : 안 되잖아~.

뭐, 오타쿠한테 이런 걸 물어봤자 의미가 없나.

하지만 온라인 게임에서 오타쿠가 아닌 인간은…….

아니…… 잠깐만……?

◆루시안 : 있어! 딱 한 명, 진짜 리얼충이!

◆코시 : 진짜로?! 소개해줘 소개해줘!

그 사람이란 물론 이분.

◆세테 : 상담? 나한테? 좋아좋아, 뭐든 물어봐!

틀림없는 리얼충인 세테 씨입니다.

이 사람이라면 올바른 해답을 가르쳐줄 터!

그래서 물어봤는데.

◆세테 : 오타쿠 아냐? 라는 질문을 받았을 때 어떻게 하냐고?

◆루시안 : 그래그래. 세테 씨는 뭐라고 대답할 거야?

◆코시 : 가르쳐주십쇼, 부탁합니다~.

그 대답은 이랬다.

◆세테 : 으~음. 그런 말은 들어본 적이 없어서~.

◆루시안 : ………….

◆코시 : ………………….

◆세테 : 아, 그래도 지금이라면 이제 엄청 오타쿠오타쿠야~! 라고 말할 것 같은데?

◆루시안 : ………….

◆코시 : ………………….

◆세테 : 어? 두 사람 다 왜 그래?

◆루시안 : 아뇨…… 아무것도 아닙다…….

◆코시 : ……감사함다~.

오타쿠 아냐? 라는 말을 들은 시점에서 이미 오타쿠.

진짜 리얼충은 그런 말을 듣지 않는다는 슬픈 현실이 밝혀졌을 뿐이었다.

◆아코 : 저한테는 오타쿠지? 라고 확정적으로 물어보던데요.

◆루시안 : 딱지가 붙었구나~.

의심하는 것보다 훨씬 질이 안 좋다.

◆루시안 : 그래도 말이지. 오타쿠는 거짓말까지 하며 부정할 만큼 인식이 안 좋은가?

◆아코 : 으~음. 오타쿠는 진짜 무리~ ＞＜ 라고 말하는 사람이 더 싫긴 하죠!

◆루시안 : 그렇지!

그러니까 오타쿠인 건 인정한다. 딱히 상관없다. 놀림감이 되어도 신경 쓰지 않는다.

◆루시안 : 하지만, 꼭 부정하고 싶은 게 있거든.

◆아코 : 네.

이것만큼은 좀 봐줬으면 좋겠다.

◆루시안 : 학교에서, 너희 언제 결혼할 거야? 라고 물어본다고…….

진짜 초조해지니까 농담이라도 하지 말았으면 좋겠다.

◆루시안 : 부정해도 부정해도 또또~, 거기서~? 정말로~? 라며 전혀 말을 안 듣는다고. 예전보다 악화된 것 같아.

◆아코 : 그런가요?

아코는 머리 위에 물음표 마크를 띄웠다.

◆아코 : 저한테는 결혼할 거지? 라고 단정적으로 묻던데요?

◆루시안 : 너 그거 거짓말이지?!

◆아코 : 벌써 결혼했는데, 참 민폐네요.

◆루시안 : 안 했어 안 했어 안 했어!

결혼하는 게 전제인 것도, 이미 결혼했다고 하는 것도 전부 곤란하다고!

◆루시안 : 오타쿠 캐릭터는 둘째 치고, 학교에서 기혼자 캐릭터 같은 걸 할 수 있겠냐!

아무리 노력해도 현실의 나는 이상적인 캐릭터가 되지 못한다.

이건 언제나 그렇지만, 그래도 한도라는 게 있다고 생각합니다!

1장

“그런 부끄러운 1인칭을 쓰는 사람은 몰라!”

And you thought there is Never a girl online?

창밖에 엄청 찌그러진 모양의 적란운이 떠 있다.

아직 기온은 높고 태양은 우울할 정도로 빛나고 있지만, 그것만으로도 가을의 도래를 느낄 수 있었다.

그러나 나는 날씨를 통해 배울 것도 없이, 이미 여름이 끝나간다는 걸 잘 알고 있었다.

긴 것 같으면서도 짧았던 여름방학이 이제 끝났으니까.

여름방학이 끝나면 여름이 끝난다는 걸 자연스레 느끼게 된단 말이지.

"자…… 그럼."

2학기가 시작된 지도 조금 지났다. 여름방학 기분도 빠져나가서 슬슬 가을을 의식하게 되는 계절이다.

원래는 벌서 일상으로 돌아왔어야 하는데—.

"……교실 위치 오케이, 내 자리 확인 오케이, 동급생의 이름도 대부분 오케이."

나는 여름방학 전에 메모해둔 교실 위치, 내 자리를 다시 확인하고 기억에 착오가 없나 확인했다.

이거~, 여름방학 건망증이라는 게 좀처럼 낫지를 않네.

깜빡하고 작년 교실로 가거나, 내 자리를 모르게 된단 말이지.

작년의 실패도 있어서 같은 반 애들의 이름은 대부분 기억하려고 노력했지만 그래도 여자는 조금 자신이 없다.

그리고 또 다른 문제가 있다.

교실에 들어가면 누구와 이야기하고, 무엇을 이야기할지에 관한 것이다.

좋은 아침! 하고 밝게 대화에 끼어들까, 게임 너무 오래해서 졸려…… 하고 오타쿠 느낌을 풀풀 내면서 포지션 유지를 노릴까. 어떤 걸 고르더라도 일장일단이다.

왜 현실은 오토 세이브일까. 세이브 & 로드하고 싶다.

아니, 여기서 그런 생각을 하면 더더욱 눈에 띄겠지.

"……좋아!"

크게 숨을 들이쉬며 기합을 넣었다.

그리고 드르륵 문을 열고 교실로 들어가서—.

"……안농~."

작은 목소리로 말한 뒤, 모여있는 남자들 옆을 스르륵 지나쳤다.

내 자리에 도착해서 가방을 놓으면 이걸로 OK!

"좋았어, 완벽."

일부러 말을 걸 필요는 없겠지. 딱히 나는 그런 포지션도 아니고.

우리 반에서 나의 랭크는 하중(下中)++ (아키야마 나나코가 필드에 있을 경우, 중하로 보정을 받는다)이니까, 없다고 어떻게 되지는 않는다.

요즘 유행하는 게임 이야기 같은 걸 시작할 때 은근슬쩍 끼면 된다.

그런 생각을 하면서 내 자리에 앉아 문득 옆으로 시선을 돌리자—.

"……좋은 아침."

"오, 오오우."

낯익은 트윈테일에 조그만 몸. 책상에 힘없이 엎어져서 얼굴만 내 쪽으로 돌린 여자아이의 모습.

엄청 저기압인 것 같은 세가와 씨가 이쪽을 보고 계신다!

"조, 좋은 아침……. 왜 그래? 아침부터 그런 표정이라니."

"조오올리다고. 어제 늦게 자서."

세가와는 말 그대로 졸린 듯이 무척 길게 눈을 깜빡였다.

"확실히 어젯밤에 아코랑 같이 늦게까지 버티고 있었던가."

"여름방학 때는 계~속 밤낮이 역전되어 있었으니까…… 조정에 실패했어……."

표정은 짜증이 쌓인 것 같지만 나오는 말은 그냥 평범하다.

평소와 같은, 졸려서 불쾌해 보이는 세가와다.

"변함없이 저혈압이냐."

"혈압이라기보다는, 그냥 졸린 게 문제야. 수면 부족이면 스펙이 내려간다고."

"안 자면 마이너스가 붙는 게임도 있으니까."
"사람을 게임 캐릭터처럼…… 아함……."
대화 도중에 하품도 하는군.
하지만 우리 반 다른 애들하고 이야기할 때는 이렇게 긴장 풀고 있지 않으니까, 이런 모습은 의외로 드물었다.
"그런데 넌 왜 혼자 앉아있는데? 남자 쪽으로 가면 되잖아."
세가와가 모여있는 남자 그룹을 가리키며 말했다.
그런 소리를 해도 말이지.
"딱히 할 말도 없는데."
"아코 같은 소리 하지 말라고."
"실례잖아?!"
아코 같다고?! 그런 말을 듣는 건 용납할 수 없거든!
"나는 자신의 포지션과 리스크, 리턴을 고려해서 가만히 앉는 선택지를 일부러 고른 거라고! 그냥 대충 솔로로 나선 게 아니란 말이야!"
"시답잖은 생각은 안 해도 되니까."
남의 배려심을 싹둑 잘라버리지 말라고…….
"애초에, 그렇게 말하는 세가와 너도 혼자잖아. 또 여고생의 방식을 잊어버린 거 아니야?"
"그럴 리가 없잖아. 과거의 나하고는 다르다고."
세가와는 졸린 표정으로 씨익 웃고는 수첩을 팔랑팔랑 넘겼다.

"자, 이거 봐봐."

내게 보여준 그 페이지에는—.

"리얼 여고생 플레잉 메모……?"

"사전에 공략 정보를 확실하게 정리해놨다고."

"대책을 제대로 세워놓은 거냐!"

적혀있는 내용은—.

게임 이야기는 금지.

애니 이야기도 금지.

정리 게시판 이야기 같은 것도 하지 않는다.

어미에 한다능, 도 붙이지 않는다(중요!).

그런 이런저런 것들이 세밀하게 적혀있었다.

"이대로만 하면 이미 프로 여고생이야."

"도움이 안 될 것 같다능. 망했다능."

"실례네!"

세가와는 방금 전 나처럼 그런 말은 용납할 수 없다는 표정으로 말했다.

"이게 없으면 잘못해서 사고가 터질지도 모르니까."

"역시 현실을 잊어버렸잖아. 세가와 너도 게임 너무 많이 했다고."

"쉬잇!"

"우읍."

세가와의 손이 내 입을 꽉 막았다.

부드럽고 작은 손의 감촉. 반사적으로 숨을 들이쉰 바람에 약간의 땀과 세가와의 냄새가 났다.

내가 놀라는 사이, 그녀는 주변을 두리번두리번 돌아봤다.

"게임 했다는 소리를 교실에서 하지 말라니까."

"…………옙."

진지한 표정이었다.

세가와는 일반적인 여고생인 척하고 있어서 온라인 게임을 한다든가, 애니도 잔뜩 본다든가, 여성향의 어떤 특수한 장르도 파고 있다든가, 그런 걸 숨기면서 살고 있다.

지금까지의 대화 내용을 보면 정말 이제 와서 무슨 소리냐는 생각이 들지만 아무튼 본인은 숨기려고 한다.

"나나코나 아코가 있으면 모를까, 나랑 단둘이 있을 때는 그만둬."

"나만 있으면 변명이 안 통하나?"

"그보다 나랑 너는 교실에서 단둘이 이야기할 정도로 친했던가?"

"아무리 나라도 울거든?!"

"실제로 친한 것하고는 상관없이, 대외적인 이야기야."

"나와 교우가 있는 것이 대외적으로 안 좋다는 겁니까?!"

오타쿠 밥맛이라며 혐오하는 것보다는 주변 인상도 좋거든!

밸런타인에 초코를 주거나, 내가 험담을 들으면 진심으로 화를 내는 반면, 주변에서 친하다고 여기는 건 원하지 않나 보다.

자신이 남에게 어떻게 보이는지는 잘 모르는 법이니까.

……나도 남 말 할 수는 없지만.

“그 나나코와 아코 말인데, 늦네.”

세가와가 창밖으로 시선을 돌리며 말했다.

“그러고 보니 두 사람 다 아직이네.”

교실에 두 사람의 모습이 없다. 아코도 아키야마도 아직 안 온 것 같다.

이제 수업까지 얼마 남지 않았는데.

“설마 아코, 자주적으로 여름방학을 계속하고 있는 건가.”

“이미 끝났잖아.”

“여름방학 이벤트 복각 재등장이에요, 같은 소리를 한다든가.”

“……아코라면 있을 법하네.”

긴 여름방학이 끝나자마자 느닷없이 풀 수업이니까.

적응력이 낮은 아코라면 몸과 마음이 따라가지 못할 수도 있었다.

하지만 오지 않은 건 아코만이 아니다.

“아키야마도 안 왔단 말이지.”

“나나코는 일찍 오는 편인데.”

세가와는 이상하네~, 하고 휴대전화를 꺼냈다.

“……어라?”

그리고 눈썹을 오므리며 화면을 노려봤다.

“나나코한테 연락이 왔었어.”

“어? 그러고 보니 폰을 안 봤었네.”

나도 휴대전화를 꺼내자, 정말이었다. 눈치채지 못했는데 문자가 왔다.

“그런데 이쪽은 마스터인데.”

“마스터? 뭐래?”

“지금부터 40분 전쯤인데…… 으음, 토벌 개시……?”

【애플리코트】 토벌을 개시한다!

이런 내용이다.

“여기도 똑같은 말이 적혀있어.”

“대체 둘이서 뭐랑 싸우기 시작한 거야?”

내가 모르는 곳에서 보스전이라도 하는 건가?

잠깐만, 밑에 글이 또 있다.

“글이 또 있어. 으음, 적이 강대하기에 일시 후퇴?”

“나나코한테도 일시 후퇴~, 라고 와 있네.”

그리고 그 후, 30분 전쯤에 또 한 통.

“토벌 완료…….”

문자에 사진이 첨부되어 있다.

그곳에는 축 늘어진 아코가 마스터와 아키야마의 손으로 방에서 끌려 나오는 순간이 찍혀있었다.

“……둘이서 아코와 싸우고 있었구나…….”

같은 사진을 봤는지, 세가와가 지친 목소리로 이마를 눌렀다.
"설마 또 틀어박혀 있었다니……."
"두 사람에게는 폐를 끼쳤네……."
"그런데 뭐가 어떻게 돼서 저 두 사람이 마중을 나간 거야……?"
"몰라."
아코를 마중 가는 거라면 내가 가도 되고 다른 한 명을 데려간다면 세가와일 거다.
일부러 마스터와 아키야마가 가다니 무슨 일일까?
"30분 전에 일어났다는 건, 슬슬 도착할 것 같은데."
딱 그렇게 말한 타이밍에—.
"다들 좋은 아침~!"
"실례하마!"
기운찬 목소리와 함께 두 사람이 교실로 들어왔다.
"……좋은…… 아침이에요……."
그리고 등교 시간부터 이미 한계를 맞이한 아코까지 세 사람이 함께 모였다.
"좋은 아침~."
"다들 건강해 보여서 다행이구나."
"우우우, 루시안~! 다들 너무해요~!"
아코가 그렇게 말하며 다가왔지만—.
"네 잘못이야!"

나는 즉답으로 단언했다.
“어째서인가요!”
“모르겠지만 무조건 아코 잘못이야.”
반성하도록.
“……그런데, 무슨 일이 있었던 거야?”
“먼저 이유를 물어주세요.”
아코가 뺨을 뾰로통하게 부풀렸다. 유감스럽지만 귀엽단 말이지.
아키야마가 아코의 이마를 콕콕 찔렀다.
“아침에 아코한테 연락이 왔었어.”
“뭐라고 왔는데?”
“감기 걸렸으니까 학교 쉰다고.”
“엥?!”
감기?! 몸이 안 좋았다고?!
“내게도 감기에 걸렸으니 오늘은 부활동을 쉰다는 연락이 왔더군.”
“진짜로?! 아코, 감기 걸렸어?”
“그렇다니까요.”
아코가 강하게 수긍했다.
이게 무슨 일이야. 분위기가 평소와 똑같아서 눈치채지 못했다.
오히려 오랜만에 학교에 왔으니 몸이 안 좋아지는 건 예상

했어야 했던 걸지도…….

"우와, 잘못이라고 말해서 미안. 무리해서 올 필요 없어. 쉬면 될 텐데."

"그래. 개근상도 아니고."

딱히 몸이 튼튼한 것도 아니고, 감기라도 학교에 온다! 같은 캐릭터도 아니니까 무리해서 학교에 올 필요는 없는데.

나와 세가와는 그렇게 걱정했지만—.

"으음, 그래도 말이지~."

아키야마가 조금 곤란한 표정으로 웃었다.

"아코. 열은?"

"35.8도에요."

"낮아!"

내 평균 체온보다 낮잖아!

"에어컨을 너무 틀었나 봐요."

아니, 문제는 그게 아니라.

"열은 없잖아. 그럼 목이 아프다든가?"

"딱히 아프진 않은데요."

"두통이라든가?"

"아뇨, 딱히."

"관절통이라든가."

"두 사람이 잡아당겨서 팔이 아파요."

미안한 기색도 없이 말하고 있다.

으음, 아코 씨?

"……그러면 감기 증상은 어디 있어?"

"그게, 저기, 기분상 감기 같다고 할까요."

저기저기, 하면서 내게서 눈을 돌렸다.

"저는 감기에요…… 누가 뭐라고 하든 절대 감기라고요……!"

"자기가 감기라고 믿고 있는 평범한 아코……!"

이거 무조건 꾀병이잖아!

"의심하는 건 미안하지만, 정말로 감기인가~ 싶어서 보러 간 거야."

"그랬더니 아무리 봐도 건강한 아코가 자고 있어서 말이다……."

"그래서 둘이서 끄집어낸 건가……."

수고 많으셨습니다.

나와 세가와에게 거짓말을 하면 무조건 낌새를 보러 올 테니까, 바빠 보이는 두 사람에게 알린 거겠지.

그 사람들도 확실히 확인하러 간 것 같지만…….

"우우우. 왜 이렇게 신용이 없는 건가요."

"평소의 행실 때문 아닐까?"

"평소의 행실은 하드 게이머인데요."

"대놓고 거짓말이잖아."

걱정할 필요 없다는 걸 알게 되자 세가와는 바로 나른한 표정으로 돌아왔다.

으음. 이건 역시 과보호라고 생각한다.

"꾀병을 부릴 정도로 싫으면 쉬어도 되지 않을까 하는 생각도 든단 말이지."

"아뇨. 이렇게 학교에 와 보니 그렇게 싫지 않았어요."

아코는 이 자리에 모여있는 우리에게 시선을 돌렸다.

"저 자신도 깜짝 놀라고 있지만, 친구도 있으니까요."

"지금까지 없었던 게 무서워."

아니, 진짜로…….

아코의 과거를 생각하면 공포심밖에 들지 않는다.

"그런데 말이죠. 아침에 이불 속에서 눈을 뜬 순간에는, 오늘은 무조건 쉬자! 라는 기분이 들었거든요~."

"마음은 이해하지만, 그건 자신을 이겨내야지."

"최약무승인 제가 자신에게 이길 수 있을 리 없잖아요!"

"아코보다 약한 건 아코뿐인가……."

이건 틀렸네.

그런 이야기를 나누던 사이, 딩동댕동 예비종 소리가 들렸다.

"자~, 다들 자리에 앉으렴. 어머, 고쇼인? 어서 자기 반으로 돌아가야지."

"실례, 바로 가겠습니다. 그럼 나중에 보자."

선생님에게 가볍게 인사한 마스터도 자기 교실로 돌아갔다.

그러고 보니 저 사람, 당연한 듯이 하급생 교실에 들어왔네.

"우우, 역시 학교는 힘들어요."

아코가 주르륵 늘어졌다.
"아~, 졸려……."
세가와는 책상에 푹 엎어졌다.
"좀 더 기운 내자~."
아키야마는 변함없이 언제나 기운차다.
"자~ 얘들아. 오늘은 오후까지 힘내면 두 시간은 문화제 준비야. 오전 중에는 집중해서 수업을 받도록 하렴~."
그리고 느긋하게 교단에 선 선생님.
모두의 얼굴을 보니, 역시 학교가 다시 시작됐다는 생각이 들었다.

††† ††† †††

키샤앗~! 하고 울부짖는 물고기를 끌어들여서 호수 밑 필드를 달리는 루시안.
오, 조작 실수가 없는데도 대미지를 입기 시작했다. 그렇다면 슬슬 때가 되었나.
"돌아갈게. 어설트 3, 히트 7, 프리즈 6 정도."
옆에서 뛰쳐나온 히트 피시가 합류해서 히트 10.
낚아온 양은 예정보다 조금 많았다.
그나저나 히트 피시는 수중 필드에 나오는 물고기인데 전신이 불타오른단 말이지. 대체 어떻게 존재하는 건지 전혀 모르겠다.

게임에서는 흔히 있는 일이지만…….

"좋아. 그럼 스타 라이트닝으로 간다. 남은 건 부탁하마."

"오케이."

마스터와 마찬가지로 딜링을 담당하는 세가와가 말했다.

"자, 미캉? 지금부터 우리는 뭘 해야 좋을까?"

"……풍속성 어설트, 경우에 따라서는 몇 마리 정도 히트가 남을 테니까, 그 처리."

"좋아. 화살을 메겨놓고 있어."

"흙 화살, 흙 화살……."

신입부원인 후타바 미캉을 위한 세가와 아카네 선배의 열혈 지도(다정함)가 이어지고 있었다.

그냥 혼자 쓸어버려도 될 텐데 후배에게도 임무를 맡기고자 이것저것 고민하는 모양이다.

세가와는 이렇게 신인을 베테랑으로 육성하는 걸 꽤 좋아하는 것 같았다.

"어…… 풍속성이 상대라면 무속성인 철 화살이 좋지 않나요?"

아코가 마우스에서 손을 떼고 뺨에 손을 댔다.

후타바도 의아한 듯이 말했다.

"속성 상성으로 바람에는 흙이 잘 통할 텐데요."

"그래도 흙 화살은 가게에서 안 팔잖아요."

"……응? 어스 엘리먼트는 소재로 만들 수 있어요."

"그그그, 그렇죠! 제대로 공부하고 있었네요!"

"야, 베테랑, 기다려."

생산 스킬은 대충 알고 있을 텐데 왜 무기나 화살은 전혀 모르는 거야.

"아뇨, 제대로 알고 있기는 하거든요? 시작한 지 얼마 안 됐는데 속성 화살까지 쓰다니 대단하구나~ 싶어서요!"

"벌써 게임 시작한 지 넉 달. 중급자를 자칭해도 과언은 아닌데요."

후타바가 으쓱해하며 자랑스럽게 말했다.

후타바는 장비도 스킬도 아직 멀었지만 이러니저러니 해도 레벨은 꽤 올렸다.

손에 들고 있는 아련하게 빛나는 활도 나름대로 딜이 나온다.

—사실, 어디 사는 나쁜 사부가 강한 장비를 줬는지 딜에 좀 편중되게 성장하고 있다.

바츠에게는 나중에 따지도록 하자. 남이 하는 말을 들을지는 모르겠지만…….

"좋아. 앞으로 10초."

"영창 개시."

멀리서 적을 낚아온 내가 돌아와서 슬슬 전투를 시작하려던 바로 그때—.

"애들아~."

파티에서 이탈했던 아키야마가 화면 끝에서 훌쩍 나타났다.

그대로 나와 나란히— 어? 엥?!

"데려왔어~."

"잠깐, 그 산더미 같은 적은 뭔데?!"

"씨익!"

씨익, 좋아하시네! 엄청난 숫자의 적이 일제히 몰려오고 있잖아!

내가 낚아온 적과 합류해서 엄청난 숫자로 불어났다.

"어떻게 이렇게나 모아온 거야!"

"무땅이 모아줬어!"

"우와아아아악!"

그대로 둘이 함께 파티 쪽으로 돌아왔다.

화면 끝에서 찾아온 산더미 같은 적을 보자, 대기하던 멤버의 안색도 새파래졌다.

"잠깐, 나나코?! 낚아올 타이밍이 겹치는 건 피하라고 했잖아!"

"재미있을 것 같아서!"

"재미있지 않아아아아아아."

"세테 녀석, 제법이군."

"제법이군맨이에요오오오오[#1]!"

#1 제법이군맨 버추얼 유튜버 『전뇌소녀 시로』가 사용한 유행어.

"지금은 제법이군맨을 요구하지 않았어!"

아무도 육성해주지 않았는데 멋대로 자라버린 사람은 이러니까 문제야!

"그거 전부 끌어안고 죽어! 이런 곳에서 죽을 수 있겠냐!"

"그렇게 말하면서도 확실히 타깃을 가져가는 니시무라가 좋아!"

"지금 뭐라 그랬죠?!"

"따질 시간이 있으면 힐이나 줘, 힐!"

진짜로 죽기 5초 전이라고!

"에에잇, 나의 피셔즈 소드의 녹이 되어라!"

"영창 완료. 스타 라이트닝, 에서 이어지는 릴리스, 스타 라이트닝…… 틀렸다. 어설트가 전부 남아버린다!"

"애로우 레인만 쏘는 기계가 될게요."

"그만둬, 후타바. 돈 없잖아! 포션 마시면서까지 스킬 연타하지 마!"

"아, 저 새로운 장비 샀어요!"

격전 중에서 아코의 몸이 반짝 빛나더니 그 모습이 흐릿하게 사라지고는…….

"미라주 코트! 뭔가 행동할 때까지 모습을 감춰요!"

"회복을 해달라고오오오!"

혼자서 도망치지 마!

"끔찍한 꼴을 당했어……."

"어떻게든 살아서 돌아왔네요……."

후타바의 렙업이 목표라 여유로운 필드에 왔기 때문에 일단 쓰러뜨릴 수는 있었다.

포션 사용량을 고려하면 명백하게 적자지만!

"레벨 올라갔어요."

"축하."

"미캉 축하~."

본인은 잔뜩 쓰러뜨려서 레벨을 올려 만족했으니 넘어가기로 하자.

"나나코. 인근의 적을 조금 낚아올 뿐인 거 아니었어?"

"의외로 많더라고~."

"맵을 봤다만, 꽤 멀리 나간 것처럼 보이는데."

마스터가 약간 식은땀을 닦으며 말했다.

내가 돌아올 타이밍에 맞춰서 마법을 쓰기 위해 언제나 미니맵을 보고 있었으니까.

"저요저요! 아키야마 나나코, 변명하겠습니다!"

"변명하겠다고 직접 말하면서 변명을 하는 건가."

"일단 들어보자고."

"아카네가 드래곤 소울을 썼으면 문제없었다고 생각합니다!"

"내 탓이야?!"

책임의 일부를 떠넘겨 받은 세가와가 아픈 구석을 찔린

듯이 말했다.

“어쩔 수 없잖아. 쿨타임이었다고. 틈틈이 쓰지 않으면 숙련도가 아깝잖아.”

“전부터 생각한 건데, 그 스킬은 중요할 때 쓰는 거니까 숙련도 목적으로 바로바로 쓰는 건 잘못된 것 아닐까!”

“알아채서는 안 되는 걸 알아채고 말았네요…….”

그건, 응. 그렇지.

한 시간에 한 번 쓸 수 있는 필살 스킬, 드래곤 소울. 대미지 배율은 경악스러운 2000퍼센트이고, 계산식이 복잡해서 그대로 들어가는 건 아니라고 하지만 광범위의 적에게 20번 때린 만큼의 대미지를 가할 수 있는, 드래곤 나이트의 히든카드다.

가급적 온존해서 붕괴의 위기에 빠졌을 때 써줬으면 좋기는 하다.

하지만 숙련도는 중요하니까. 다 올릴 때까지는 어쩔 수 없지.

“비장의 수단을 숨겨놓지 않는 타입이네요, 슈는.”

“쇼트케이크의 딸기를 맨 먼저 먹는 타입이겠군.”

“나, 엘릭서는 중반에 쓰는데.”

“최종보스는 고사하고 후반까지 남겨둘 생각도 없구나…….”

으~음. 나나 아코와는 방향성이 반대다.

“그런 상황이 되면 미캉이 있는 게 도움이 되네.”

"궁수 직업은 단일 딜링, 범위 딜링 모두 우수하니까."
"브이."
후타바가 살짝 V사인을 내밀었다.
원래 우리는 탱커인 루시안, 근접 딜러 슈, 마법 딜러 마스터, 힐러 아코로 밸런스가 잡혀 있었다.
여기서 세테 씨가 소환수 특화형을 골라서 무땅이 대신 전열에 서는지라 탱커가 남았었다.
이제 원거리 물리 딜링에 특화된 궁수 직업이 와줬기 때문에, 지금은 두 사람이 낚아 와서 몰이사냥을 하거나, 다소 무리가 있는 이동 사냥도 할 수 있게 되었다.
"전술이 늘어서 즐겁네."
"이게 대규모 길드의 방식이네요."
"대규모인가……? 변함없이 소규모 같은데……."
"인원수로는 그렇긴 하지만!"
아키야마도 충분히 숙련자의 영역에 들어왔기 때문에 온라인 게임에서 하는 일이 점차 고정화된 면이 있었다.
그런데 신입인 후타바가 들어오니 저기로 데려가고 싶다, 이 장비를 주고 싶다, 저 퀘스트를 하자 등등 보람 있는 일이 점점 늘어났다.
요즘에는 친숙하고 편한 멤버도 좋지만, 신규 가입자가 있는 것도 신선해서 나쁘지 않다고 생각하고 있다.
"저기, 질문…… 괜찮나요?"

그 후타바가 말했다.

"왜 그러나요? 뭐든 물어보세요."

아코가 선배다운 믿음직한 표정을 지었다.

후타바는 그녀를 빤히 바라보고는 이렇게 물었다.

"그래서 결국, 문화제는 뭘 하는 건가요?"

"…………."

아코는 잠시 굳은 뒤—.

"어째서그런걸묻는건가요오오오오오."

"지금 뭐든 물어보라고 해서."

"말했지만! 말하긴 했지만요!"

나의 신부, 선배의 위엄은 조금도 없구나.

"전에 선생님이 뭘 할 거니? 라고 물어봤었는데. 이후에 정해졌나 해서……."

선생님도 빨리 정하라고 했었다.

아니, 그러나. 후타바에게는 미안하지만—.

"뭘 할 예정이냐고 하면………… 미정이야."

"음. 미안하지만, 아직 정해지지 않았다."

정해지지 않았단 말이지.

이야~, 새로운 사람이 들어와서 온라인 게임을 하는 게 즐거워져서 완전히 뒷전으로 미뤄버렸지 뭐야. 아하하.

"……뭐?"

후배가 뭐?(위압)라고 했어!

"괜찮다니까! 아직 시간 여유는 있으니까!"

"문화제까지 앞으로 며칠 남았나요."

"3주일 정도……였던가?"

"……여유?"

듣고 보니, 별로 여유롭지는 않았다.

"위험한 것 같네."

"불안해졌어요."

"놀고만 있어서, 이미 뭘 할지 정해놓은 줄 알았는데."

"그게~, 아무것도 정하지 않았거든."

"이상해요."

그야 이상하겠지. 뭐니 뭐니 해도 문화제라는 건 가장 큰 행사다. 평범하게 생각하면 여름방학 때 전부 정해두고 준비를 진행해야 하니까. 후타바의 의문도 지당하다.

곤란하게도 우리는 그런 것에 전혀 흥미가 없지만…….

"그래. 이제 슬슬 정해야만 하겠지."

마스터가 고개를 크게 끄덕이며 말했다.

"사냥 정산도 끝난 무렵이다. 휴식하는 겸 문화제 상연물에 대해 상의하기로 하자."

"네~에. 어어…… 기교제(崎校祭)에 관해서."

아키야마가 일어나서 화이트보드에 『기교제』라고 적었다.

귀엽고 동그란 글자지만 진짜 실력을 내면 마스터와 비슷할 정도로 달필이었다.

“하아…… 기교제…… 작년에 이어서 또 우리 앞을 가로막네…….”

“강적이네요.”

“즐거운 문화제가, 몇 번이나 나오는 중간보스 같은 취급이 되었는데?”

두 사람이 씁쓸하게 말하자 아키야마가 곤란한 표정을 지었다.

고른 예시가 중간보스라니 완전히 우리에게 물들어버렸군요.

“작년에는 어떤 걸?”

“공성전을 시작하던 때였으니까, 성을 공략했었어.”

“쓰라린 배신, 새로운 동료와의 만남. 그리고 바츠 일행과의 뜨거운 최종결전을 거쳐서, 우리는 마침내 성을 쟁취하고야 말았다.”

“학교 문장을 성에 매단 뒤에 스샷을 찍었어요~.”

그건 격전이었지.

대량의 자금을 쏟아부은 바람에 이후 집을 사는 데 고생했다.

“……과연.”

후타바는 고개를 끄덕이고는 의욕을 내며 말했다.

“그럼 올해도 그걸로.”

“기다려.”

다음은 PvP구나. 바라던 바다, 라는 표정 짓지 말라고…….

"그건 후타바가 대인전을 하고 싶을 뿐이잖아!"

"2년 연속으로 똑같은 걸 하기는 좀 그렇지."

"매년 똑같은 것밖에 하지 않는 부도 엄청 많다고 들었는데요."

"말하지 마 말하지 마."

하는 일이 매년 똑같은 부활동, 꽤 많긴 하지만!

"비행선으로 애쓰기도 했고, 작년처럼 전과를 전시 발표하면 안 되나요?"

"확실히 배가 모여있는 건 장관이었지."

포포리호는 소형선이니까, 간단한 모형이라도 만들어서 전시하면 보기 좋아 보인다.

"으~음. 문화제에 쓸 예정이 아니어서 동영상도 사진도 없는데?"

"애초에 버그 탓이긴 했지만, 조금 화제가 될 정도의 활약상을 보였단 말이야. 이게 우리 배라는 걸 소개할 수는 없잖아."

아키야마와 세가와가 반대 의견을 냈다.

확실히 포포리호는 전체 채팅으로 연호할 정도로 이름이 알려져 있었다. 조금만 구글링하면 나올 테니까, 확정적으로 신상이 털리게 될지도 모른다.

"뭔가 새로운 이벤트 공지 같은 건 없나?"

"이미 조사해보고 있긴 하다만……."

마스터가 마우스 휠을 슥슥 돌리며 몇 번이고 화면을 스크롤했다.

"음. 역시 아무 이벤트 공지도 없군!"

그리고는 천천히 고개를 내저었다.

그렇구나. 이벤트는 없나~.

"뭐어? 이벤트 아무것도 없어?!"

아키야마가 놀라서 고개를 돌렸다.

"없으면 어쩔 수 없지."

"다음은 핼러윈 정도일까요~?"

"호박파이 팔아줘야지."

우리는 느긋했다.

이벤트가 없으면 어쩔 수 없으니까.

"다들 리액션 미지근해!"

"그렇게 말해도 말이지."

"이벤트가 아무것도 없는 시기도 있어?! 이런 게임은 언제나 축제 같은 걸 하는 게 아니야?!"

"한가할 때도 있는데요?"

계절 이벤트에 적극적인 온라인 게임이라도 매번 언제나 이벤트가 있는 건 아니다.

"여름방학이 끝나고 사람이 게임에서 벗어나는 시기니까, 여기서 이벤트를 하지 않는 건 실책이라고 생각하는데."

세가와가 등받이에 몸을 기대며 말했다.

"실제로 아무것도 하지 않는 건 위험하긴 하다. 학생을 노리든 사회인을 의식하든, 여름방학, 명절 휴일 같은 휴가 직후 시기니까. 색다른 이벤트는 필요하다고 생각하는데 말이지."

"여러모로 애썼으니까 힘이 다한 거 아냐?"

"설마 벌써 운영진이 한계라니."

"무서운 소리 하지 말라고……."

크루즈선을 빌리는 데 생각보다 돈을 더 쓰기도 했으니까.

레전더리 에이지는 중규모 MMO에 지나지 않으니 정말로 예산이 떨어진 걸지도 모른다.

"그럼 역시 부활동 상연물은 아무 대책도 없는, 건가."

"조바심 내봐야 어쩔 수 없지 않아?"

"슬슬 조바심을 내야 할 시기라는 지적이 후배한테서 들어왔잖아."

하지만 아키야마. 생각이 안 나는 건 어쩔 수 없다고…….

"최악의 경우, 싫어하는 아코에게도 일을 지켜서 판매점을 한다는 방법도 있으니까."

"작년에 썼던 메이드복, 쓸 수 있나요?"

"메이드……!"

메이드라는 단어가 심금을 울렸는지 후타바가 안경을 반짝 빛냈다.

"흥미 있는 거냐."

"……네!"

고개를 세차게 끄덕였다.

너, 분위기는 얌전한데 뭐든 의욕적이네.

"그때의 메이드복은 지금도 남아있으니, 그걸 입고 판매점을 하는 것도 좋을지도."

"판매점에서 요리를 만들어 파는 건가요?"

"그러면 내 실력을 보여주겠어!"

"저, 저기. 그러면 접객하는 사람이 부족해지니까요."

"식중독 같은 건 위험하니까."

"봐줘요."

"필사적인 표정 짓지 말라고 농담이야!"

말은 그렇게 했지만 세가와는 칫 하고 혀를 찼다. 분명 만들 생각이었던 거다.

"판매점이라면 준비도 직전까지만 하면 되니까, 즐거워 보이네!"

아키야마도 판매점에는 적극적인 것 같았다.

모두 메이드복으로 접객하면 꽤 유행할 것 같으니까 당일에는 바빠질지도 모르지만.

"그런데 세가와도 메이드복 입을 거야?"

"내가 그런 오타쿠 같은 복장을 입을 리가 없잖아."

"……그러십니까."

작년에는 완벽하게 차려입었다는 말은 삼켰다.

"우리 집 옷장에 있는 메이드복은 미캉한테 줄게. 사이즈가 많이 차이 나지는 않지?"

"선배의 메이드복…… 영광이네요."

"고맙게 받으라고."

후타바가 좋아하자 세가와도 싫지는 않은 모습이었다.

그러나 세가와와 메이드복의 조합에 무언가를 느꼈는지 후타바가 나지막하게 중얼거렸다.

"돼지 메이드……."

"야, 들리잖아. 그만둬."

아, 세가와의 양손이 후타바의 머리를 잡았다.

"아무튼, 즐겁고, 그러면서도 간단한 게, 좋~겠~지~?"

"오오오오오오오오오오오오오?!"

엄청 조이고 있잖아! 들렸나!

"후타바의 머리가 깨지잖아!"

"얘는 선배에게 보여야 할 경의라는 게 없다고!"

"돼지 프레스……!"

"누가 돼지야 누가!"

"돼지 선배 프레스……."

"선배를 붙인다고 괜찮은 게 아니라고오오!"

"오오오오."

"자살이냐, 후타바?!"

"이거, 고양이공주 씨가 슈한테 했었죠……?"

"이어지는 체벌의 계보……!"

"우리 부에 나쁜 전통을 추가하지 말아주겠나!"

마스터가 당황했다.

그런 이야기를 하고 있을 때—.

똑똑, 하고 누가 부실 문을 노크했다.

"어라, 누가 왔네."

"슈, 손님이에요! 누가 왔다고요!"

"큭. 어쩔 수 없네."

다행이다 다행이야. 하마터면 부에서 폭력 사건이 발생할 뻔했다.

아니, 이미 폭력인 것 같지만…….

"목숨 건졌네."

"그래도 반골 정신은 버릴 수 없어요."

"먼저 반성하라고."

"선배와의 커뮤니케이션."

"좀 더 원만한 수단으로 하라니까."

"거기, 너희들. 조금 조용히 해."

소곤소곤 이야기하던 중, 마스터가 문으로 이동했다.

그리고 열린 문 바깥에는—.

"안녕하세요."

성실해 보이고 이지적인 목소리로 말하는 작은 체구의 여자아이가 서 있었다.

후배이자 새로운 회장으로 이미 익숙해진 1학년의 타카이시였다.

온라인 게임 부에 방문하는 사람은 한정되어 있으니까 그녀일지도 모른다고 생각했다.

"타카이시 회장인가. 무슨 일이냐?"

"네. 고쇼인 선배에게 질문이 있어서요……."

"질문인가! 뭐든 물어봐도 좋다!"

의지해주는 게 기쁜지 마스터는 어서 들어오라며 방 안으로 유도했다.

"얏호."

"야호~."

미캉이 작은 목소리로 말하자 타카이시도 살짝 손을 흔들며 답했다.

아, 역시 동급생이면 저런 느낌이구나.

"그래서 타카이시 회장. 질문이라는 게 뭐냐? 지금 시기라면 문화제에 대해서인가. 문실(문화제 실행위원회)과의 절충이나 이벤트에서 학생회가 어떻게 움직여야 하는지에 대한 거라면 얼마든지 대답해줄 수 있다! 뭐니 뭐니 해도 2년이나 회장을 맡아왔으니까!"

마스터는 자, 물어봐라 물어봐, 라는 듯이 고개를 내밀었으나—.

"아…… 그건 부회장님과 상담하면서 지금의 학생회만으로 노력해 볼게요."

"그런가."
바로 대답이 돌아오자 텐션이 추욱 내려갔다.
뭐, 이런 아이니까 믿을 수 있는 거겠지.
지금 부회장은 작년 부회장과 같으니까 상담할 수도 있을 거고.
"그래도 여쭙고 싶은 건 확실히 문화제에 관한 일인데요……."
"음. 뭐냐?"
"그게…… 미스콘에 관한 거예요."
"아아, 미스콘 말인가……."
그 말을 듣자, 마스터도 복잡한 표정을 지었다.
회장으로서 자신만만하게 일하던 그녀만 보고 있었으니까 왠지 의외다. 이런 표정도 짓는구나.
"으음. 미스콘에 뭔가 문제라도 있나?"
"그보다…… 우리 학교, 미스콘 하고 있었어?"
"저는 들어본 적 없는데요."
아코도 세가와도 의아해하는 것 같았다.
듣고 보니 작년에는 미스콘이라는 이벤트를 못 봤는데…….
"그래, 문제는 그것이다."
이쪽으로 시선을 돌린 마스터가 말했다.
"역대 학생회가 이어받고 있는 문화제의 기본 타임 스케줄. 미스콘은 학생회 관할 이벤트로서 거기에 확실히 포함되어 있지. 그러나 최근에는 한 번도 개최되지 않았다."

그리고 이번에는 회장에게 시선을 돌렸다.

"타카이시 회장이 묻고 싶은 건 그거겠지?"

"네. 고쇼인 선배가 회장을 맡으신 작년과 재작년에는 개최되지 않았다고 들어서, 이미 유명무실해져서 없어진 행사인가 해서요……"

"실질적으로는 유명무실해졌다고 봐도 틀림없지만…… 기획은 하고 있었다."

마스터는 옛날을 떠올리듯이 씁쓸한 표정으로 허공을 노려봤다.

"작년도 재작년에서도, 마스콘 개최 예정과 참가자 모집 공지는 냈었다. 그러나 참가자가 전혀 모이지 않더군……."

아, 그래서 미스콘을 하지 않았던 건가.

"그야 그렇지~."

"미스콘 같은 건 안 나가죠. 상식적으로 생각해서."

"뭐, 그렇지. 나야말로 미스 마에가사키 고등학교라며 당당히 나가다니. 어지간히 자신감이 넘치지 않으면 무리잖아."

우리가 속닥거리자 마스터는 감정이 빠져나간 눈동자로 말했다.

"2년 연속, 참가 희망자는 나뿐이었다."

마스터는 엔트리했었다고?!

"세 사람 다 교우 선배한테 사과해!"

"미안!"

엔트리
고쇼인 쿄우

"나가는 건 굉장하다고 생각해요!"

"마스터는 자신감이 생명이니까!"

"차라리 우승을 자칭해볼까 생각했을 정도였다……."

딱히 자칭하더라도 아무도 화내지 않을 것 같은데…….

그런 우리 이야기를 들은 타카이시도 납득한 모양이었다.

"잘 알겠어요. 예정은 해놨지만, 참가자가 적어서 개최되지 않았던 거네요."

"그런 셈이다. 최종적으로는 다른 기획으로 메우거나, 예비 시간으로 다루게 되었지."

"문실이 짜놓은 스테이지 예정에 전혀 여유가 없어서 이상하다고 생각했는데…… 그랬던 거네요."

"유감이지만, 원래 개최를 기대하지 않는 기획이니까."

"열리면 보고 싶기는 하지만 말이지."

"다들 그렇게 말할 것 같네요."

"그러게."

그래서 결과적으로 개최되지 않은 셈이다.

"나도 개최하고 싶기는 했다만, 참가 희망자가 없으니 별 수 없었지."

마스터는 슬픈 듯이 눈을 내리깔며 말했다.

"좀 더 인망이 있는 회장이었다면 다들 잔뜩 모였을지도…… 하지만 내게는 개개인에게 주는 영향력이 없었으니까……."

"그렇지 않아요! 저는 고쇼인 선배를 보고 학생회장이 되고 싶다고 생각했으니까요!"

"그렇게 말해주니 조금은 구원이 되는군."

마스터와 타카이시 사이에서 숙연한 분위기가 흘렀다.

어쩌면 미스콘은 마스터에게도 몇 안 되는 미련이었을지도 모른다.

"그렇게 된 거다. 미스콘은 예년처럼 진행하다가 중지해도 좋고, 개최를 지향하는 것도 좋아. 네 뜻대로 하도록 해라."

"—네!"

마스터의 보장을 받자 타카이시는 눈을 반짝였다.

"고쇼인 선배가 하지 못했던 미스콘 개최, 현 학생회가 이뤄내 보일게요!"

"……으, 음. 힘내라."

"네! 지켜봐 주세요!"

의기양양하게 나가는 작은 뒷모습이 왠지 크게 보였다.

아키야마를 격파하고 올라서서 그런지, 나보다 훨씬 믿음직하네. 저 아이.

"왠지 마스터가 실패했다는 걸 듣고 오히려 의욕을 더 내는 것처럼 보이네."

"쿄우 선배가 칭찬해줬으면 하는 거 아닐까?"

"선배를 좋아하니까요."

"꼬리를 붕붕 흔드는 느낌이었지."

"개를 닮은 아이네요."

확실히 개를 닮은 아이일지도. 성실하고 충실하고, 칭찬해 주길 바라는 느낌이야.

그렇기에 고양이를 닮은 아코와는 상성이 좋지 않다.

아코라면 곧바로 그럼 중지네요, 라고 단언할 테니까.

"그래. 내가 이뤄내지 못했던 결과를 내고, 올해 확실히 미스콘을 개최한다면, 앞으로의 학생회는 아무 걱정도 할 필요 없겠어."

"이뤄내지 못했다니…… 말은 그렇게 하지만 마스터. 작년 문화제에서 우리한테 상담조차 하지 않았었잖아."

"맞아!"

나와달라고 부탁하는 걸 본 적이 없다.

"그런데도 인망이 행방불명이라고 해도 말이지~."

"응응. 말해줬다면 다들 미스콘 나갔을 텐데, 그렇지?"

아키야마가 묻자 세가와와 아코는 입을 모아 말했다.

"안 나가."

"안 나가요."

"어, 어라?"

"그럴 것 같아서 말하지 않았던 거다."

뭐, 그렇겠지.

이미 예상했는지 마스터는 쓴웃음만 지었다.

"우리는 현실에서 화려한 자리를 노리는 타입이 아니니까."

"그렇다니까요! 미스콘이라니, 반짝반짝 빛나는 리얼충들이 상대를 걷어차 떨어뜨리면서 최강의 리얼충을 가리는 지옥 같은 무대잖아요! 저하고는 절대로 안 맞아요!"

"네 마음속에서 미스콘은 대체 어떤 이미지야? 고독(蠱毒) 같은 거야?"

"딱히 틀린 건 아니라고 생각하는데."

"……어쩌지. 아코한테 반론할 수 없어……."

"이 부부, 편견이 굉장하네."

그치만 그런 이미지라고…….

"아코, 게임에서는 꾸미잖아."

"LA의 저라면 조금은 노력할 수 있어요."

아코가 가슴을 폈다.

"게임 속의 아코가 이쪽으로 나오면 될 텐데."

"동일인물이니까요!"

아코가 곤혹스러워하던 중, 마스터가 말했다.

"게임의 아코 군을…… 그래! 좋은 기획이 떠올랐다!"

딩동! 하고 머리 위에 전구가 켜진 듯한 느낌이었다.

"게임 속의 아코 군을 데려온다는 건 좋은 아이디어였다. 그럼 데려와 보도록 하자!"

그러면서 씨익 웃었다.

"게임 속의 의상을, 현실 세계에서 만드는 거다!"

좋은 아이디어지? 라는 느낌으로 말하고 있는데.

현실에서 의상을 만들자고?

"게임 속 의상이라니, 이걸요?"

아코는 이거, 라면서 모니터 안에 앉아있는 자기 캐릭터를 가리켰다.

"그래! 게임 속 의상을 만들어서 여기에 전시하는 거다!"

"즈, 즐거워 보여요……!"

아, 와 닿은 것 같다. 아코가 조금 두근두근하고 있었다.

그래. 이건 아코에게 맞는 기획일지도 몰라.

"다들 게임 속에서 사용하는 의상을 현실에서 만들어 소개한다. 우리 문화제 전시로서 꽤 재미있다고 생각하지 않나?"

"이거야?"

아키야마가 화이트보드에 『게임 의상 전시회』라고 적었다.

"음음. 전시와 맞춰서 직접 입어볼 수도 있으면 좋겠군."

전시와 입어보기라…… 확실히 재미있어 보이지만…….

"그거, 그냥 코스프레 의상 전시인 게……."

"게임 스샷하고 같이 내면 기획이라는 게 잘 전해지지 않을까?"

"그때 입었던 옷이 이겁니다, 하고 스샷을 찍는 건가……."

온라인 게임부 같은 느낌이고 겉보기로도 즐거울지도 모른다.

"그런데 마스터, 의상을 어떻게 준비하려고? 만들 수 없을 것 같은데……."

"왜 그러나, 슈바인. 그러고도 과거 수예부냐."

“여기에 소속되고 시간이 얼마나 지난 줄 알고 있어?”

“하하하. 농담이다 농담.”

세가와가 씁쓸하게 웃자 마스터는 명랑하게 웃었다.

“걱정할 것 없다. 참고 사진만 있으면 대신 의상을 만들어 주는 가게가 있으니.”

“어. 그럼 선배, 제작은 외부에서 하는 거야?”

“전부 외부에서 만드는 건 재미없겠지. 당연히 할 수 있는 건 직접 한다. 의상의 대략적인 부분만 의뢰하고, 아코의 지팡이나 세테의 채찍 같은 세세한 부분은 직접 제작하는 거다!”

흠흠. 그렇군.

내가 도움이 될 수 있을지는 모르겠지만, 즐거워 보이고 다들 꽤 의욕적이니까 좋을 것 같습니다.

“단지 조금 불안한 게 있는데, 그거 축제 전까지 만들 수 있어?”

“홈페이지를 보니…… 의상 자체는 빠르면 2주일 안에 만들어준대.”

“충분한가…….”

“2주일 안에 소도구를 제작하고, 남은 일주일을 써서 의상을 고친다. 험난한 스케줄이지만, 무리는 아닐 거다!”

“열심히 할게요!”

완전히 의욕적으로 변한 아코가 몸을 내밀고 말했다.

“아코가 할 마음이 든 것 같네.”

“아코는 게임 속 의상을 현실에서 가지고 있지 않은 게 의외일 정도니까.”

“전부터 갖고 싶다고 생각했거든요!”

아코가 즐거워 보인다면 나도 반대할 이유는 없었다.

하지만 조금 마음에 걸리는 게 있는데.

“내 갑옷 같은 거, 만들 수 있어?”

“내 슈바인 님도 부분적으로는 갑옷인데.”

“갑옷은 조금 시간이 필요하군…… 아마 힘들겠지…….”

“그렇겠죠!”

“어쩔 수 없네.”

뭐, 만들어봤자 다른 사용법이 없으니까.

“내 의상도 채찍만 있으면 집에 있는 옷을 고쳐서 만들 수 있을 거야.”

“세테 씨는 잘 꾸민 평범한 옷을 입으니까요.”

그건 확실히 맡기지 않아도 만들 수 있을 것 같다.

“마스터의 옷, 현실에서 입을 수 있어?”

“노출도를 낮춰야겠군……”

“상반신이 거의 알몸이니까 말이지.”

마스터가 그대로 입으면 완전히 신고감이다.

“후타바의 장비는?”

“아직 레벨이 팍팍 올라서 갱신이 빠르니까, 애착이 생길 단계는 아니잖아.”

"기왕이면 최종 장비로 만들고, 싶어요."

"최종 장비를 정하다니, 1년은 이르다고."

또한, 1년 후에는 장비도 이것저것 늘어서 또 최종 장비가 변하게 된다.

"그럼 전시할 건?"

"아코, 쿄우 선배, 내 거랑……."

아키야마가 화이트보드에 이름을 적었다.

"고양이공주 씨 것도 만들지 않을래요?"

"그거 귀엽지! 그럼 유이 선생님 것도 만들어서……."

"네 벌이나 전시하면 충분하겠네."

그렇게 넓지 않은 부실이니, 의상 네 벌을 전시하고 스샷까지 붙여놓으면 충분할 거다.

"시간이 걸릴 테니까 우리 반 작업을 돕는 건 쉬어야 할지도."

"그러게. 사과해야겠네……."

"그럼 바로 견적을 의뢰하기로 하자. 정규 부비는 거의 쓰지 않았다. 부족하지 않을 거다."

"모두 함께 사진을 찍어요!"

"완전히 오타쿠 부활동이네…… 나는 얽히고 싶지 않아……."

실제로 오타쿠 부활동이니까.

"그럼 그렇게 되었으니."

"문화제 기획은 이걸로 가자!"

이렇게 현대통신전자 유희부의 기획은 게임 속 의상의 제작, 전시, 시착을 하기로 했다.

딱 봐도 알기 쉽고, 우리도 즐거운 좋은 기획인 것 같다.

마스터가 떠올린 거라서 부비로 충분할지 불안하지만…….

"이걸로 예정은 완벽하군!"

그녀는 주먹을 꽉 쥐고는 우리에게 미소를 지었다.

"완성한 뒤에는 전원이 게임 의상을 입자!"

"절! 대! 싫어! 코스프레 같은 건 절대 안 할 거야!"

"어째서냐?!"

싸움뿐이었던 작년과는 달리, 올해 문화제는 은근히 평화로운 상연물이 될 것 같다.

††† ††† †††

"루시안의 갑옷도 만들 수 있었으면 좋았을 텐데요."

아코는 우우, 하고 조금 분해 보였다.

"나는 아코의 의상을 볼 수 있으면 그걸로 충분한데."

"게임 속의 저와 달리 어울리지 않을지도 모르는데요?"

"그런 일은 절대 없을걸."

만약 그렇게 되면 의상 쪽이 문제인 게 아닐까?

그런 이야기를 하면서 걸어가는, 평소와 같은 귀갓길.

아코와 나의 거리는 꽤 가까워져서, 부끄러워하는 병은 많이 나은 것처럼 보인다.

"그래도 말이죠, 게임 속의 저는 3년 전부터…… 앗."

"이크."

문득 가까운 거리에서 걷던 나와 아코의 손이 살짝 닿았다.

그대로 손을 잡아도 될까 하는 생각이 잠깐 들었지만…….

"…………."

아코는 뺨을 붉히며 거리를 스르륵 벌렸다.

"……또 쿨타임?"

"남은 시간 하루 같은 느낌이에요……."

"오케이."

지금 아코는 연속으로 스킨십을 하면 행복지수가 허용량을 넘어 폭발해버리는 것 같아서 냉각 기간이 필요하다.

쿨타임이 긴 스킬 같은 느낌. 어째서 이렇게 되었을까.

"아, 맞아요! 의상을 의뢰하기 전에 옷의 세세한 부분을 고치고 싶은데요."

아코는 그렇게 말한 뒤 자기 가슴팍으로 시선을 내렸다.

그리고는 현실 교복이 대용이라는 듯 옷을 꾸물꾸물 매만지기 시작했다.

"지금 장비도 충분히 귀여운데, 크게 바꿀 거야?"

"리본 위치를 2도트 정도 틀고 싶어요."

"도트 단위로 바꿔서 어쩔 건데! 모른다고!"

"그치만~!"

그야 스샷대로 만들고 싶은 마음은 알지만 1도트라니 대체 몇 밀리미터냐고!

“신경 쓰이면 리얼에서 조절하자고.”

“우우, 먼저 리본을 만들어 놓을게요.”

“재봉할 수 있는 사람은 그 부분이 유용하겠네.”

적어도 소도구 같은 걸 직접 만들 수 있으니까 완성도에서 안심할 수 있다.

“잘 하는 건 아닌데요…….”

“못하는 게 아닌 것만으로도 굉장하다니까.”

스스로 만들 수 있다는 건 굉장하지.

나는 재료와 설명서가 있어도 절대 못 만들 거다.

“문제는 지팡이네. 그럴싸한 걸 만들 수 있으면 좋을 텐데…….”

“아, 그건 괜찮아요.”

“왜 그렇게 자신만만한데?”

“집에 있어서요.”

“있다고?!”

있어?! 지팡이가?! 왜 있는데?!

“고양이공주 씨를 습격할 때 지팡이로 덮치려고 해서 만들었는데…… 사용하지 않고 끝나버리는 바람에…….”

“흐물흐물한 커터칼을 썼던가? 어째서 지팡이로 하지 않은 거야?”

커터칼보다는 위험한 모습일 텐데.

"그치만 제 지팡이, 공격력이 낮잖아요."

"현실에서 딜을 기대하지 말라고!"

마력이 올라봤자 아무 변화도 없어!

"반짝☆ 하고 별이 나오는 기능은 현재 미구현이에요!"

"영원히 구현되지 않을 것 같은데……."

그래도 뭐, 일단 아코의 지팡이는 있는 건가.

"그럼 정말로 어떻게든 될 것 같네."

"시간이 없다는 게 조금 불안하네요."

진심으로 걱정된다는 듯이 자기 손을 조물조물 오므렸다.

"빨리빨리 하라고 재촉 당하는 게 제일 거북해서……."

"아코는 그렇긴 하지."

아코는 노 미스 최속 힐 사이클이 필요하다, 같은 걸 제일 거북해한다.

내 루시안이 방어에 특화된 것은 거기에 여유를 주기 위해서였다.

"하지만 난 더 거북해. 도움이 될 일이 아무것도 없으니까 벌써부터 불안해."

재봉 같은 건 못한다니까.

남는 시간으로 알바라도 해서 누군가에게 부탁하는 편이 낫지 않나— 이렇게 생각하는 건 효율주의인 게임뇌라서 그런 걸지도 모르지만

"이럴 때는 좀 더 부원이 있었다면 좋겠다고 생각하게 되

네…….”

“늘어나지 않아도 괜찮아요.”

“그건 변함없는 건가.”

조금씩 부원이 늘었지만 아코는 이 이상 필요 없나 보다.

“후타바하고는 그렇게나 친해졌는데.”

“미캉과 친해진 것은 본인의 성격 때문이라고 생각해요.”

“하긴.”

거침없는 부분이 게임 친구와 비슷해서 우리도 마음이 편하니까.

“그런데 아코. 반 애들하고도 꽤 친해진 것처럼 보이던데?”

“겉으로는 옛날보다 친해진 것처럼 보이긴 하죠.”

“엄청 의미심장한 말투!”

“그치만~!”

은근히 평범하게 잡담 같은 것도 하고 있잖아!

그런데 아코는 정말 곤란하다는 표정으로 말했다.

“같이 게임하는 것도 아니잖아요! 저는 평범한 외출 같은 걸 안 하고요! 그럭저럭 수준 이상으로 친해질 수는 없어요!”

적당히 친하면 되잖아! 라고 강하게 주장하고 싶었다.

그래도 친구는 친구라고 생각하는데. 그보다 그게 친구가 아니라면 나도 친구가 없는 거겠지.

“음~, 그럼 차라리 온라인 게임에 권유해보지 그래? 의외로 빠질지도 모르잖아.”

"바, 반 애들한테 게임을 하자고 하는 건 조금 그래요!"

"같이 하고 싶다고는 생각하지 않아?"

"그치만, 현실 사람을 권유해서 온라인 게임을 같이 하다니…… 별로 하고 싶지 않잖아요?"

"그건 그래…… 아니, 그렇지는 않은데……."

실제로 있었다. 현실에 모여서 온라인 게임을 하는 그룹.

그런 사람들은 현실 친구들끼리 뭉쳐서 바깥으로는 자주 나오지 않으니까 만날 기회가 적지만…….

"그보다 우리도 밖에서 보면 현실 친구 그룹으로밖에 안 보일 텐데."

"결과적으로 그렇게 되긴 했지만요!"

그러면 새로운 길드 멤버를 현실에서 찾을 수 없게 되잖아.

"으음. 무리해서 평범하게 보이려고 하지만 뿌리는 오타쿠인 여자가 어딘가에 있을 것 같은데."

"어, 그런 사람 우리 반에 있는데요?"

"오오, 그런 숨은 오타쿠가 있었어?"

"슈요."

"…………있었지."

있었다. 그 녀석이 그랬다.

"그 녀석 괜찮을까? 온라인 게임 폐인에 부녀자에 넷나베인 데다 코스프레 의상 제작까지 하게 됐는데."

"들키면 즉사급 사건이겠네요~."

왜 기뻐하는 거야, 아코.

세가와를 같은 포지션으로 끌어들이려 하는 거 아니야?

"……일단 묻겠는데."

반 여자들의 사정을 나보다 훨씬 잘 아는 아코에게 물어봤다.

"세가와가 숨은 오타쿠라는 거, 들키지 않았어?"

"미, 미묘~하긴 하네요. 말처럼 싫어하지 않는다는 건 들켰지만……."

"확정까지는 하지 않았다고?"

"권유하면 게임 정도는 어울려준다는 사람을 오타쿠라고 부르지는 않잖아요."

"하긴……."

즉, 지금 세가와의 상태는—.

"아슬아슬하게 버티고 있는 건가……."

"벼랑 끝이네요."

그 녀석은 그 녀석대로 몰려있는 것 같다.

"뭐, 쓸데없는 짓을 하지 않으면 안 들키겠지. 어지간한 건 아코와 아키야마한테 물들었다고 생각할 테니까."

"네네. 제 탓이에요 제 탓."

"도움이 된다는 걸로 치자고."

만악의 근원 같은 대접을 받는 아코를 부드럽게 타이르면서 느긋이 통학로를 걸었다.

이때는 상상도 하지 못했다.

세가와가 벼랑 끝에서 한 손으로 버티는 상태가 될 때까지 몰리게 된다는 것을…….

††† ††† †††

그건 다음 날의 일이었다.

어제 부활동 때 이야기했듯이 우리는 미리 준비가 필요한 전시를 하게 되었다.

기교제는 부활동만이 아니라 반에서도 상연물을 내보내야 하므로, 문화부에 소속된 사람은 어느 쪽을 우선할지 생각해야 한다.

즉, 부활동으로 바빠진 우리는 반에서 하는 상연물에서 땡땡이를 쳐야 한다는 말이다.

"—그러니까 미안해! 조금 바빠질 것 같아!"

아키야마가 손을 짝! 맞대고 말하자 반 여자아이들이 웃으며 말했다.

"부활동이잖아. 어쩔 수 없지."

"응응. 나도 미술부 제작이 늦어질 것 같아서~."

"테니스부는 판매점이고, 거의 1학년이 애쓰니까 나나코 몫까지 해둘게."

"배경 같은 건 양도 적으니까."

우리 반은 무대에서 연극을 하기로 했다.

은근히 무난한 신데렐라를 현대풍으로 수정한 내용이다. 맡은 역할의 연습은 물론이고 배경 패널 제작 같은 것도 해야 해서 의외로 할 일이 많았다.

특히 아키야마는 큰일이다.

"주인공인데 땡땡이치게 되어서 정말 미안해……."

"괜찮아 괜찮아!"

"나나 말고 다른 신데렐라는 있을 수 없다니까!"

이 사람, 주역이란 말이지.

여자들 사이에서의 파워 밸런스인지, 그저 외모가 꽃다워서 그런지는 모르겠지만 신데렐라는 만장일치로 그녀가 되었다.

괴로운 상황에서도 희망을 잃지 않는 긍정적인 미소녀, 이미지 그대로이긴 하다.

그리고 상대 역할은 누구냐면—.

"게다가 상대역인 나까지 이 녀석들을 도와줘야 하는데……"

거북한 듯이 손을 맞댄 그녀, 세가와 아카네다.

아키야마의 상대 역할로 손을 든 남자가 아무도 없었기 때문에 상대 역할도 여자가 되었다. 누구도 불만을 표하지 않았고 오히려 대환영이었다.

단순히 스테이지에 서면 반짝일 것 같은 두 사람이 주인공과 상대역이 되었는데, 결과적으로 두 사람 모두 부활동에 시간을 빼앗기게 된 것이다.

"우리. 가급적 연습에는 나오도록 할 테니까!"

"응. 아카네랑 시간 맞춰서 갈게."

"괜찮다니까. 주역과 상대역이 양쪽 다 없으면 반대로 주변이 연습할 수 있으니까."

"그 게임하는 부활동이잖아? 그럼 아코도 바빠지는 거야~?"

"저도 그쪽에서 힘낼게요."

"……뭐, 아코는 그게, 조역이니까 상관없지만……"

"굉장히 단역이니까……."

완전 서브 캐릭터인 아코는 아무 걱정도 필요 없나 보다.

물론 나도 단역이지만!

그러나 연극 감독을 담당하는 여자아이가 말했다.

"그렇지 않아! 타마키의 치즈와 니시무라의 생쥐 장면은 초반부의 핵심이니까! 기합 확실히 넣어줘!"

"핵심이라는데요, 루시안."

"나한테 이야기를 넘기지 마!"

우와, 깜짝 놀랐네!

멍하니 근처에 앉아있을 뿐이었던 나는 딱히 대화에 참가한 게 아니었다고!

이야기를 걸어오면 나까지 그룹의 일원처럼 되어버리잖아!

"생쥐와 치즈 커플 힘내~."

"찍찍~!"

"어, 무대에서 찍찍이처럼 붙어서 끌어안나요?"

"안 하거든!"

그보다 상관없는 남자한테 이야기가 넘어왔는데 당연한 듯이 무시하는 여자 전원, 조금 이상하지 않나?

"전체 연습에 참가하더라도 개인 연습 시간은 길지 않으니까. 그만큼 개별적으로 연습해서, 처음부터 끝까지 하는 연습에는 가급적 참가하는 방향으로……"

"미안해. 예정을 짜놨을 텐데."

"괜찮아 괜찮아. 초보자 무대가 예정대로 진행될 리 없으니까."

누님 기질의 연극부원 여자아이는 믿음직한 미소를 지으며 말했다.

아니, 이제 당신만 믿습니다. 잘 부탁드립니다.

"그래도 뭐, 나는 이 녀석들의 부활동을 도와주기만 할 뿐이니까. 상황을 봐서 여기에 올 생각인데……"

세가와는 살짝 눈을 돌리고 말했다.

그녀는 여전히 숨은 오타쿠 지속 중이라, 우리에게 잠깐 어울려주거나 도와줄 뿐이라고 주장하는 중이다.

평소에는 그렇게 어영부영 흘러간다— 그랬어야 하는데…….

"괜찮아! 아카네도 부활동에 힘써줘!"

의욕이 넘쳐흐르는 감독은 강하게 말했다.

"부활동에서 할 일이 있다면 전력으로 해! 우리를 위해서 포기하지 않아도 되니까!"

"그래도 나, 딱히 입부한 것도 아니고……."

조바심을 내며 말한 세가와에게 한 여자가 말했다.

"어? 그래도 아카네, 나나랑 같이 게임하고 있잖아?"

"――."

세가와의 표정이 딱딱하게 굳었다.

"나, 나는 안 하거든? 가끔 놀러 갈 뿐이고."

"정말로 이번에는 신경 쓰지 않아도 된다니까! 우리 반은 괜찮아!"

감독의 목소리에 겹쳐서 다른 아이들도 말했다.

"맞아, 아카네! 너무 신경 쓰는 거야!"

"5반은 모두가 함께 즐기기로 정했잖아?"

"아카네도 그 전원에 들어가니까~."

"아, 어, 잠깐?!"

숨은 오타쿠 세가와에게 「온라인 게임부로 가봐」라는 따스한 말이 꽂히고 있어!

게다가 세가와의 인망 탓인지 「어차피 너도 온라인 게임 하잖아ㅋ」 같은 놀리는 말이 아니라, 「문화제 정도는 솔직하게 즐기면 돼!」라는 다정한 말을 하고 있어서 거절하기 힘든 분위기였다.

(이건 너무하네…….)

(다들 호의적인 게 반대로 지옥이네요…….)

아코와 눈을 마주치며 힘내라 세가와, 하고 말없이 고개를 끄덕였다.

질책하는 거라면 몰라도 아껴주고 있으니 도와줄 방법이 없다.

"아, 아, 아니라니까!"

세가와는 모두의 호의에 곤혹스러워하면서도 전원을 바라보며 필사적으로 말했다.

"나는 정말로 그런 거에 전혀 흥미 없어! 그저 나나코랑 아코가 너무 이상한 일을 하지 않도록 보고 있을 뿐이야!"

감시야 감시, 라면서 아코의 머리를 탁탁 두드렸다.

"…………."

아코는 뭐라 말 못할 표정으로 그냥 놔두고 있었다.

용케 참고 있네. 장하다.

"……그래?"

"그렇다니까! …………뭐, 관계가 없는 건 아니니까 작업은 도와주지만……."

결국 부활동 작업은 있기 때문에, 세가와는 우물우물 말을 맺었다.

대화가 잠시 끊어진 그 직후.

문득 여자아이 한 명이 세가와를 바라봤다.

"나나랑 아코가 하는 온라인 게임이라는 거, 아카네는 같이 안 해~?"

"나는 보고 있을 뿐이야."

"……그럼, 아카네~."

그녀는 잠시 뺨을 붉히고 말했다.

"그거, 같이 해보지 않을래~?"

"……뭐?"

"아, 나도 흥미 있어!"

"에엑?!"

두 여자아이가 해보자 해보자~! 하고 손을 맞잡았다.

이, 이게 대체 어찌 된 일이야.

세가와에게는 안전권이어야 하는 게임에 현실의 마수가 다가오고 있습니다.

"게임부에 가면 할 수 있어?"

"어, 글쎄…… 부장한테 확인해 봐야……."

"……물어, 볼래?"

아키야마가 조심조심 말했다.

괘, 괜찮나? 언제나 온라인 게임의 발전과 확대를 바라는 마스터는 온라인 게임 체험 희망을 거절하지 않을 것 같은데.

"그럼…… 물어볼 테니까 잠깐 기다려……"

세가와도 그걸 예상했는지 새파래진 표정으로 휴대전화를 톡톡 두드렸다.

그리고 온라인 게임부 그룹 채팅에 메시지가 표시되었다.

【아카네】 마스터, 부실에서 온라인 게임을 체험해보고 싶

다는 사람이 있는데…….

【애플리코트】 하루라도 빨리 데려와라.

이 사람 대체 쉬는 시간에는 얼마나 한가한 거야. 바로 답신이 왔잖아.

아무튼, 결과는 나오고 말았다.

"……엄청 좋아하면서, 당장에라도 데리고 오라고 하네……."

"정말? 좋았어! 나는 오늘 해도 괜찮은데."

"빠른 게 좋으니까, 오늘로 할래~? 아카네는 괜찮아~?"

"……응. 괜찮아……."

"그런……."

"즈, 즐겼으면 좋겠네."

경악한 세가와와 아코. 곤혹스러운 표정의 아키야마.

마음의 준비가 되지 않은 채, 설마 하던 『반 친구 : 온라인 게임부 습격 퀘스트』가 시작되고 말았다.

††† ††† †††

"잘 와주었다!"

의기양양하게 맞이한 것은 무엇을 숨기랴, 우리 부의 부장. 고쇼인 쿄우다.

"회, 회장님?! 아, 저기, 2학년 5반의 스즈나 카오리입니다."

"마에카와 유키입니다. 잘 부탁합니다~."

전 학생회장이 나타나자 카오(타카사키의 여친)는 동요했지만 마에카와는 태연하게 웃었다.

"갑자기 와서 죄송합니다."

"핫핫핫. 신경 쓸 것 없어. 우리 현대통신전자 유희부의 문은 언제나 열려있다."

웃으며 말한 뒤, 아주 약간 감상적인 목소리가 나왔다.

"……이렇게 부장 일을 하는 것도, 이제 얼마 남지 않았으니까."

"…………마스터."

그랬다. 마스터는 문화제가 끝나면 은퇴한다.

그 후에는 OG가 되어 다음 세대에 맡기게 될 텐데— 그러고 보니 현대통신전자 유희부, 다음 부장은 누가 하지? 정말로 아키야마인가?

그런 생각을 하는 사이, 마스터는 바로 마음을 다잡고 말했다.

"너희는 세가와 군을 온라인 게임에 끌어들이는 데 도움을 주려는 모양이니까. 이것 참, 보람 있는 일이군."

마스터가 세가와를 힐끔 바라봤다.

"여기 보지 마."

"핫핫핫. 이러니 말이지."

"아카네도 첫 체험이라면 마음 편하네~!"

"같이 하자~."

"그래그래…… 각오하고 어울려줄게……."

세가와는 질색하며 말했다.

두 사람과 대화를 나누러 가는 그녀를 보던 마스터가 살짝 말했다.

"……내가 사라진 뒤에도 이렇게 부가 활기차면 좋을 텐데 말이지."

"다음 부장, 아키야마한테 부탁했던가?"

"그럴 생각이긴 하다만……."

마스터가 살짝 한숨을 내쉬면서 천천히 고개를 내저었다.

"……본심을 말하자면, 슈…… 세가와 군에게 부탁하려고 했었다."

"세가와한테 부장을 맡기다니…… 무조건 거절할 거 아냐……."

"그렇겠지. 게이머라는 것조차 인정하지 않으니, 부장은 불가능할 거다."

마스터는 하지만, 하고 어딘가 아쉬운 듯이 말했다.

"그녀가 받아들여 준다면, 그런 생각이 들어서 말이다."

"……응. 이해는 가."

세가와가 해준다면 좋겠다고 생각하는 마음은 내게도 조금 있었다.

부원들의 신뢰도, 부원을 향한 배려심도, 리더십도, 사실 세가와가 제일이라고 생각하니까.

"세테 본인도 자기보다 부장에 어울리는 사람이 있다고 말했으니까…… 어떻게 해야 할까."

부탁을 거절하지 않는 아키야마가 부장 취임을 의뢰했는데도 즉답하지 않았다.

그건 자기보다 잘 할 수 있는 사람이 눈앞에 있어서 그런 걸지도 모른다.

—정작 세가와는 그런 이야기는 알지도 못한 채 체험 입부한 사람을 열심히 상대해주고 있었다.

낌새를 보러 가자 그녀는 떨떠름한 표정을 지었다.

"이 두 사람이라…… 이런 상황을 상정하고는 있었지만……."

그리고는 내게만 들리도록 작은 목소리로 말했다.

"소양이 있는 사람이었어?"

"카오는 그게, 자키의 여친이라는 시점에서 센스가 별로잖아."

"타카사키를 대체 뭐라고 생각하는 거야."

모르는 바는 아니지만.

"웃키는 말이지…… 은근히 숨기지 않는 숨은 오타쿠, 같으니까……."

"그건 오타쿠 아닐까?"

"딱히 오타쿠 같은 말을 하는 건 아니지만, 명백하게 그쪽 계열, 아니 거의 맞을 거야. 분위기가 예쁘장하니까 다들 별로 지적하지 않지만."

확실히 느긋한 말투치고는 얼굴은 쿨한 느낌이라 오타쿠 같은 분위기는 없었다.

그 점으로 따지면 카오 쪽이 평범하게 게임을 할 법한 느낌일지도…….

"굉장한 의태잖아. 너도 저렇게 하라고."

"나는 밸런스 잡기가 힘들다고!"

우리는 몰래몰래 대화를 나눴다.

"적어도 나나코가 있다면 얼버무릴 수 있을 텐데……."

"그 사람은 어디 갔는데?"

"수예부에 의상을 도와달라는 의뢰를 하러 가서…… 하필 이럴 때……."

우연인 걸까, 도망친 걸까.

어찌 됐든 우리끼리 어떻게 할 수밖에 없다.

"자. 그럼 나는 문화제 준비가 있다. 다들 즐겨다오."

"어, 마스…… 이게 아니라, 회장……도 그만뒀으니까, 어어, 선배! 어디 가는데?!"

"기계 공작부다. 금속 가공 의뢰를 하고 싶어서 말이지."

의상의 금속 부분을 만들 생각이다!

부족한 인원은 남에게 맡길 생각이 넘쳐나는구나! 마스터!

"우우…… 갔다 와……."

막을 수는 없었기에 세가와는 마스터를 배웅했다.

남은 건 나와 아코, 카오, 마에카와, 그리고 세가와.

세가와가 저질러버렸을 때 얼버무릴 수 있는 사람은 아무도 없다.

“하겠어. 해주겠어. 이 정도의 위기, 지금까지 몇 번이나 넘어왔다고……”

“목소리가 떨리는데…… 온라인 게임 첫 체험인 척을 하는 것 정도는 괜찮잖아.”

“우리 반 애가 왔으니 첫 투고입니다.”

“자칭 첫 투고 형님[#2]은 그만둬.”

이 녀석, 전혀 냉정하지 않잖아!

차분하게 하면 괜찮다니까!

“그럼 현대통신전자 유희부, 온라인 게임 체험회를 개최하겠습니다.”

“와~.”

“꺄~!”

“……와~.”

좀 더 분위기 띄우라고, 세가와 씨!

“그럼, 어어…… 체험이라고 하면, 설명할 사람이 필요하겠네…….”

인터넷 카페가 아니니까, 뒷일은 마음대로 하라고 할 수도

#2 자칭 첫 투고 형님 동영상 사이트에서 사실은 첫 투고가 아니지만 그렇게 가장해서 영상을 투고하는 사람.

없다.

체험 입부 같은 거니까 제대로 상대해줘야지.

이런 역할에 가장 어울리는 건 세가와지만, 세가와는 첫 플레이인 척을 해야 하니까—.

"……아코, 부탁한다!"

"에에엑!"

아코가 나, 세가와에게 시선을 돌렸다.

"왜 저인가요?!"

"같은 반 여자가 하는 게 제일이잖아."

남에게 가르쳐주다가 떠오르는 게 있을지도 모르고, 반 아이하고 커뮤니케이션도 할 수 있으니 일석이조다.

결코 도망치는 게 아닙니다. 진짜입니다.

"그럼 아코, 설명 부탁해."

세가와가 말하자 아코는 조심조심 주변을 돌아봤다.

"어…… 뭐부터 설명하죠?"

"오오우."

거기부터냐…… 아니, 이걸 지적하는 건 이상한가.

실제로 뭐부터 설명해야 할지 모르겠으니까.

"그게, 일단 키보드와 마우스는 쓸 수 있어?"

"정보 수업에서 했어!"

"집에 컴퓨터 있어~."

두 사람 다 기본은 가능한 모양이다.

"……세가와는?"

"뭐…… 조금 움직이는 정도라면……."

"……푸풋."

웃지 마! 웃지 말라고, 아코!

타이핑 검증 1급은 딸 수 있다고 장담하던 세가와가 조금 움직이는 정도라면…… 이라고 말하고 있지만! 웃으면 안 돼!

"어어, 그럼 게임이란 무엇인가~ 라든가, RPG라는 개념 자체의 설명은 필요해?"

"게임 정도는 해본 적 있어."

"스마트폰으로 RPG 같은 것도 하고 있으니까~."

"뭐, 분위기 정도는."

"오케이. 그럼 아코, 그냥 게임 시작부터 설명 부탁해."

"네~에."

기합을 넣은 아코는 카오와 마에카와에게 고개를 돌렸다.

"그, 그럼 저기 비어있는 컴퓨터를 써 주세요. 오늘이라면 마스터와 세테 씨 자리가 비어있으니까……."

"잠깐!"

세가와가 모두의 앞으로 나왔다!

"사용할 자리는 내가 정할게! 먼저 아코는 평소 자리!"

평소 아코가 쓰던 자리를 척 가리켰다.

"두 사람은 아코의 양옆!"

평소에는 나와 고양이공주 씨가 앉는 자리다.

"그리고 나는 여기고, 니시무라는 그 옆으로."

마스터의 컴퓨터 앞으로 나를 유도했다.

이, 이 녀석! 자기 화면을 옆에서 보지 않도록 두 사람을 아코한테 떠넘겼구나!

"두 사람은 아코한테 배워. 나는 니시무라로 참을 테니까."

"어라~? 아카네는 니시무라가 좋은 거구나~?"

마에카와가 놀리는 말투로 말하자 세가와는 흐흥 하고 웃었다.

"무슨 소리야. 나는 웃키를 도와주려는 거거든?"

"으응~?"

"아니, 생각해 보라고. 니시무라가 옆에서 맨투맨으로 가르쳐주면 무슨 일이 벌어질지…… 아코가 어떻게 반응할 것 같아?"

"앗……."

"뭐, 뭔가요 그 표정은?! 저도 상황 정도는 감안하거든요?!"

아코가 유감스럽다는 듯이 뺨을 부풀렸다.

"단지, 루시안의 1미터 이내로 다가오면 저의 질투 게이지가 늘어나니까 조심해주세요."

"그러면, 옆에 앉을 수 없잖아."

"30센티미터 이내가 되면 게이지를 소비해서 폭발해요."

"그냥 상시 폭발형이야……."

이 녀석 틀렸어. 이제 어찌할 수가 없다고.

"그 점에서 나라면 폭발하지는 않잖아?"

"슈라면, 뭐……"

"오오."

"신뢰 관계~."

아코의 제어가 되는 걸 보자 두 사람이 박수를 보냈다.

"오래 돌봐줬으니까. 이 정도는 당연하지."

"타마키를 제어할 수 있다니 정말 굉장하네!"

"역시 아카네야~."

"저는 야생동물 같은 건가요?"

"작은 동물 같기는 하지만!"

이러쿵저러쿵하면서 준비를 진행했다.

"자, 다음은 말이죠. 이 LA라고 적힌 아이콘을 더블클릭."

"네~에."

"아코 선생님, 다 됐어요~."

아코 쪽 두 사람은 즐겁게 지도를 받고 있었다.

그리고 이쪽은—.

"…………."

세가와는 씁쓸한 표정으로 LA를 켰다.

여기만 분위기가 초상집입니다.

평소처럼 하라고 하지는 않겠지만 좀 더 즐겁게 하라고.

"여기에 아까 등록한 ID와 비밀번호를 입력해주세요."

"네~에."

"큭!"

음, 세가와의 모습에 이변이 나타났군.

무슨 일인가 했는데 무의식적으로 평소 ID와 비밀번호를 입력했는지 황급히 모두 함께 만든 새 ID로 고쳤다.

아, LA는 복수 계정을 규제하지 않으니까 안심하고 복수 계정을 만들어주세요.

"어, 으으음. 괜찮겠어? 멍하니 있다가 저질러버리지 않을까?"

"아, 아마 괜찮아. 나는 첫 플레이, 나는 첫 플레이……."

사고가 날 것 같은 예감밖에 들지 않는다.

우리는 그대로 게임에 로그인했다.

"처음에는 자동으로 캐릭터 생성 화면에……아, 되었네요. 거기서 마음대로 캐릭터를 만들어주세요."

"아~, 머리 모양 같은 게 많네~."

"귀여워라~."

왁자지껄 캐릭터 제작을 시작한 아코 쪽과는 달리—.

"…………."

세가와는 남자, 여자, 남자, 여자로 캐릭터 성별을 바꾸고 있었다.

어느 쪽으로 할지 고민하고 있구나, 이 녀석.

"아, 이거 남자도 만들 수 있구나!"

"만들 수 있어요~."

"나, 등록할 때는 성별을 여성으로 했는데~."

"문제없어요. 캐릭터 성별이니까요."
"어~! 아무거나 해도 돼~?"
"어떻게 할까. 그럼 남자로 해볼까~."
"에이, 그건 아니지~."
"그렇겠지~? 게임에서 남자를 보고 싶지는 않으니까~."
"…………크!"
아아앗, 세가와의 뺨이 실룩거리고 있어!
진정해! 딱히 슈바인 님을 부정하는 건 아니잖아!
"서, 성별 바꾸는 건 딱히 상관없지 않아? 다른 자신처럼?"
"어? 아카네는 남자로 했어?"
"안 하긴 했지만! 남자 캐릭터 같은 건 말도 안 되지!"
그만둬. 이 이상 무덤을 깊게 파지 말라고!
"아코. 반대로 여자아이인 척을 하는 남자도 있어~?"
"있어요 있어요. 실제 성별은 대부분 남자인데, 게임에서는 여성 캐릭터가 많으니까요."
"거짓말~, 무서워라~."
"그거, 남자가 남자를 좋아하게 된다거나, 그런 일도 있어?"
"흐걱?!"
강렬한 유탄이 이쪽으로오오오오오!
"와앗?! 니시무라 쪽에서 엄청난 소리가 났는데!"
"아무것도…… 아닙니다……."
무심코 책상에 머리를 박았을 뿐입니다.

"루시안에게는 괴로운 추억이 있어요……."

"어째서~? 아코처럼 귀여운 애랑 게임하는데~."

"혹시 바람이라든가……."

"어, 니시무라가? 남자랑 바람? 그거 엄청나다~!"

"그 이야기는 넘어가자, 응?"

내가 울면서 집으로 돌아가 버리거든? 그대로 이번 학기는 계속 쉰다고?

"자자, 니시무라. 알맹이가 남자인 쪽이 진짜로 사랑할 수 있다는 의견도 있으니까."

"나는 거기까지 달관하지 않았어!"

내가 괴로우니까 이 이야기는 여기까지! 자, 끝!

로그인을 하니까 자동적으로 튜토리얼 맵으로 전송됐다.

시작 시점은 모두 똑같고 동시에 시작하는 플레이어는 모두 거기서 스타트한다.

"아, 게임 시작됐다!"

"이 카오카오라는 게, 카오?"

"맞아, 나야!"

윳키♥라는 캐릭터와 카오카오라는 캐릭터가 나란히 서 있었다.

마에카와하고 카오인가.

"아, 루시안이라는 사람이 앉아있어! 이거 니시무라?"

"니시무라, 게임에서도 루시안이구나~?"

"나는 게임 말고 루시안이었던 적이 없는데?!"

게임에서 그렇게 불리고 있을 뿐이니까!

그런고로 나의 새로운 캐릭터 루시안 3세도 그 자리에 있었다.

실제로는 세 번째가 아니지만 이번에는 도적 직업으로 만들 생각이라서 이 이름으로 했다.

그리고 또 한 명, 이 자리에 있는 것이—.

"이거 아카네지? 그냥 그대로네~."

"아, 알기 쉽잖아?"

세가와가 굳어진 목소리로 말했다.

눈앞의 모니터에는 아카네☆라는 캐릭터가 비치고 있었다.

현실 이름을 그대로 캐릭터로 만들다니, 현실에서 신상이 털리는 걸 신경 쓰는 세가와에게는 고문일 텐데, 그런데도 반 애들하고 맞춰서 이름을 지었나 보다.

"장하다, 애썼구나……!"

"그 말만으로도 보답받은 것 같아……."

고작 캐릭터를 만들었을 뿐인데 세가와는 벌써 울상이었다.

"우리는 같은 옷이야~?"

"처음에는 그렇지만, 금방 여러 옷을 입을 수 있어요."

"오오…… 그런데 이렇게 말하는 타마키는 어디?"

"거기 있잖아요."

"어, 없는데."

"…………아코……."

화면에 있는 다른 사람은 한 명뿐이었다.

창고 2호라는 이름을 붙인, 버린 캐릭터 느낌이 넘쳐나는 노비스.

이거구나. 이거구나, 아코…….

"어어, 화면에 표시된 튜토리얼에 따라 조작을 익혀볼까."

"타마키는?"

"아코는 기다리지 않아도 돼~?"

"아마 도시에 가면 만날 수 있어……."

"신경 쓰지 않아도 돼……."

나와 세가와는 힘 빠진 목소리로 말했다.

"여, 여기 있거든요?! 다들 가버리는 건가요?!"

태어났을 때부터 창고 캐릭터의 의무를 짊어진 창고 2호를 무시한 우리는 튜토리얼을 시작했다.

이동, 대화, 퀘스트, 전투 등의 기본 조작을 익혔다.

그대로 튜토리얼을 진행하자 마지막으로 어떤 직업을 고르고 싶어? 라는 질문이 표시됐다.

대답에 맞춰서 초기 장비나 어드바이스를 받을 수 있다.

"이거 뭐라 대답해야 해?"

"자기가 하고 싶은 걸 하면 되는데요?"

아코가 말하자 두 사람은 얼굴을 마주 봤다.

"어, 그럼 전사 같은 거?"

"마법사일까~?"

두 사람이 각자 방침을 정했다.

"전사와 마법사라면 나는 힐러로 할까?"

세가와가 그렇게 말하고 선택지를 골랐다.

힐러라는 말을 알고 있느냐는 태클이 들어올 기색은 없었기에, 세가와가 게임의 기초 지식을 가지고 있다는 건 모두가 알고 있는 사실인 모양이다.

그런데 세가와. 말없이 INT와 VIT에 스테이터스를 배분하고 있는데, 그거 온라인 게임 첫 플레이인 사람이 할 일이 아니거든?

"아코. 스테이터스에 관해 설명 부탁해!"

"아, 잊고 있었네요. 어어, S 키를 누르면 스테이터스 화면이 열리니까……."

"헉!"

세가와는 그 말을 듣고 바로 스테이터스 윈도우를 닫았다.

(어, 어쩌지?)

(나중에 배분했다고 할 수밖에 없겠네.)

정말로 옆에 앉히지 않아서 다행이다.

아무튼 마지막 선택지를 고르면 튜토리얼은 끝이다.

마침내 첫 마을에 내려선 것이다.

"마을이다!"

"시골 같은 마을~!"

◆아코 : 칸토르에 어서 오세요.

"아, 저 아코라는 게 타마키? 뭔가 말하고 있어!"

"아코, 귀엽네~."

◆아코 : 그렇죠 그렇죠?

평소의 힐러 복장을 입은 아코가 의기양양하게 가슴을 폈다.

"다들 조심하라고. 외모는 아코지만, 저래 봬도 우리 전원을 원 펀치로 쓰러뜨릴 수 있을 만큼 강하니까."

"어, 타마키 엄청나지 않아?"

◆아코 : 루시안에게 손대는 도둑고양이는 푹 찔러서 비틀 거예요.

홀리 클레릭은 날붙이를 장비할 수 없지만 진짜로 그럴 것 같아서 무섭다.

"그런데 말이지~, 타마키가 있으면 너무 쉬워서 재미없지 않아?"

"그러게~? 아코, 지금부터는 어드바이스 역할만 부탁해~!"

◆아코 : 흐음, 알았어요.

아코는 그 자리에서 풀썩 주저앉았다.

창고 2호가 아니라 조금 멀쩡한 이름의 캐릭터를 만들어서 왔다면 같이 놀 수 있지 않았을까.

하지만 ☆아코☆도 딸이라고 했었으니…… 평범한 이름의 새로운 캐릭터를 만드는 건 거북한 걸까.

"그럼 나도 이제는 여기서 견학하고 있을게."

"처음 하는 사람끼리 힘내자!"

"응~."

"그럴, 까……."

말없이 쇼트 소드를 키 등록하거나 UI 조정 같은 걸 하는 세가와. 너, 대체 어디가 처음 하는 거냐고. 이 녀석 숨길 생각이 있기는 한 거야?

◆아코 : 아, 온라인 게임 체험이라는 기획이니까, 지금부터는 채팅으로 대화하지 않을래요?

◆윳키♥ : 이렇게?

◆아코 : 그건 일반 채팅이라서 누구에게나 보여요.

◆아코 : 세 명이서 파티를 짜서, 이렇게…….

◆카오카오 : 됐다~.

2학년 5반 친구 파티가 결정되었습니다.

초보자, 초보자, 초보자(?)라는 밸런스 잡힌 편성입니다.

◆아카네☆ : 그래서, 지금부터 어쩔 거야?

◆루시안 3세 : 화면에 나오는 퀘스트를 따라가도 되고, 무시해도 돼.

◆아코 : 이젠 뭘 하든 자유에요~.

◆카오카오 : 뭘 해도 되는구나.

◆윳키♥ : 오픈 월드라는 느낌~?

MMO는 대개 오픈 월드 같은 셈이니까.

◆아카네☆ : 그럼 퀘스트를 진행해보자.

◆카오카오 : 진행하면서, 신경 쓰이는 곳은 보러 갈까?

◆아카네☆ : 그럼 심부름부터 하자.

◆윳키♥ : 네~에.

세, 세가와 씨? 심부름이라는 말은 일상용어니까 상관없지만, 심부름 퀘스트라고 말하는 순간 위험해지니까 조심하라고.

◆아카네☆ : 이쪽인가?

◆카오카오 : 판타지 마을이라는 느낌이네~.

NPC 쪽으로 가는 아카네☆에게 개인 채팅을 보냈다.

◆루시안 3세 : 아카네 씨, 아카네 씨.

◆아카네☆ : 왜 그래?

세가와는 이동하면서 타탁타탁 채팅을 쳤다.

그거야. 그거라고.

◆루시안 3세 : 초보자는 그렇게 타이핑이 빠르지 않고, 이동하면서 채팅을 칠 수 없을 거야.

◆아카네☆ : 그랬지…… 초보자 시절의 자신을 완전히 잊어버렸어…….

아카네☆는 곧바로 타이핑 속도를 떨어뜨리면서 이동도 어설프게 하며 나아갔다. 응응, 그러면 됩니다.

그 후, 초보자 파티 세 사람은 몇 번의 심부름 퀘스트를 거쳐 첫 원정인 칸토르 언덕까지의 배달 임무를 받았다.

언덕 위에 있는 기사단 진지에 지원물자를 보내는 퀘스트다.

◆카오카오 : 굉장해, 나무투성이!

◆윳키♥ : 지금 지나간 거, NPC? 사람? 인간?

◆아코 : 사람이에요. 안에 누군가가 들어있어요.

◆윳키♥ : 정말로 다들 하고 있구나, 굉장해~.

세 사람은 대화를 나누면서 마을 밖을 나아갔다.

나와 아코는 옆 모니터에서 견학했다.

그때, 카오카오가 발을 멈췄다.

◆카오카오 : 어?

◆카오카오 : 저거 동굴 아냐?

◆윳키♥ : 절벽에 구멍이 뚫려있어~.

(앗.)

(저건…… 위험하지 않나요……?)

모니터 틈에서 아코와 얼굴을 마주 봤다.

아아, 두 사람이 필드 던전을 눈치채고 말았다.

저곳은 온라인 게임에서 자주 있는 함정 같은 곳이라, 내부는 칸토르 주변 수준과는 격이 다르게 강한 몬스터들이 우글거리는 필드 던전이다.

퀘스트를 하러 온 초보자가 들어가면 그냥 죽어버리는데…….

(뭐, 말하지 않는 게 좋겠지.)

(그렇겠죠?)

이것도 온라인 게임의 묘미니까. 응.

◆카오카오 : 가보자!

◆윳키♥ : 보물상자 같은 게 있을지도~?

◆아카네☆ : 들어가…… 볼까…….

순순히 따라가는 아카네☆의 죽음을 각오한 등이 슬펐다.

던전 안은 의외로 적이 적어서 세 사람은 유혹 당하듯이 안으로 나아갔다.

◆카오카오 : 아무것도 없네?

◆윳키♥ : 아, 저기 사람~!

◆아카네☆ : NPC가 있네.

◆윳키♥ : 뭔가 가르쳐줄까~?

"앗."

"아앗."

나와 아코의 목소리가 겹쳤다.

마에카와의 윳키♥가 걸어간 바로 그곳에, 샤샤앗~! 하는 외침과 함께 커다란 박쥐가 덮쳐왔다!

◆카오카오 : 뭔가 나왔네?

◆윳키♥ : 어? 죽었어?

◆카오카오 : 거짓말, 죽었어? 다들?

◆아카네☆ : 그래…… 강하네, 이 녀석…….

세가와는 잘 안다는 표정으로 말했다.

케이브 배트, 레벨 24. 그냥 잔챙이지만, 레벨 1로는 상대가 되지 않는다.

◆카오카오 : 세이브 포인트로 돌아가면 돼? 재시작?

"상시 세이브라서 재시작 같은 건 없어요. 오히려 재시작하면 안 돼요."

◆아카네☆ : 죽어버리면 결과는 바꿀 수 없다는 거네.

◆윳키♥ : 어쩔까~? 포기해~?

◆카오카오 : 그래도 저 사람은 뭔가 정보를 가지고 있다니까!

◆윳키♥ : 말을 걸 수 있다는 아이콘이 나왔으니까~.

셋이서 상담을 시작했다.

"저기, 아까 그 NPC 말인데요."

아코가 그렇게 말하며 끼어들었지만—.

"잠깐만, 스포일러 같은 건 안 돼!"

"셋이서 확실히 클리어할 테니까, 니시무라도 아무 말 하지 말아봐~."

"네, 네에……."

"옙."

지켜보는 건 전혀 상관없지만 저기 있는 세가와는 전부 알고 있잖아?

그 NPC한테 말을 걸어봤자, 초보자는 이 던전에 들어오지 않는 게 좋다고 가르쳐줄 뿐이라는 걸!

"……그래. 열심히 해보자."

그래도 세가와는 모르는 척을 하며 두 사람에게 고개를 끄덕였다.

장하다, 장해. 세가와. 그대로 초보자다움을 유지해줘.

◆윳키♥ : 이건 게임이니까, 아까 그것도 어떻게든 쓰러뜨릴 수 있게 되어있지 않나~?

◆카오카오 : 레벨 올리고 오라는 걸지도.

◆아카네☆ : 레벨 24라고 적혀있었어.

◆윳키♥ : 높잖아~! 무리~!

◆카오카오 : 그럼 들키지 않게 가자.

◆카오카오 : 구석으로 지나가면 갈 수 있지 않을까?

그로부터 초보자팟은 숨으면서 가거나, 한 명만 돌파하면 된다고 돌격하는 등등, 시행착오를 반복했다.

직접 흥미가 있다고 말한 만큼, 카오도 마에카와도 꽤 즐겁게 죽고 살아나는 게임을 반복하고 있었다.

◆아카네☆ : 정말로 할 수 있을까?

세가와만이 지루함을 필사적으로 감추는 표정을 짓고 있지만!

좀처럼 NPC까지 도달하지 못한 두 사람은 동굴에 들어갈지 말지 고민했다.

◆카오카오 : 왠지 적이 늘지 않았어?

◆카오카오 : 쓰러뜨려야 해?

◆윳키♥ : 도우미 NPC 같은 게 있으면 좋을 텐데.

◆카오카오 : 동료 캐릭터 같은 게 필요하네.

"……앗."

다 죽어가는 눈으로 화면을 보던 세가와가 눈을 반짝였다.

◆아카네☆ : 나, 마을로 가서 쓸만한 아이템을 팔고 있는지 보고 올게!

◆카오카오 : 어, 지금부터?!

◆아카네☆ : 먼저 하고 있어~!

아카네☆가 마을을 향해 돌아갔다.

어? 어? 하고 모니터와 세가와의 얼굴을 교대로 바라보는 두 사람을 두고 세가와는 활기차게 키보드를 조작했다.

앗, 잠깐. 이 녀석 설마—.

◆카오카오 : 그럼 둘이서 갈까?

◆윳키♥ : 그런데 도중에 박쥐가 엄청 늘었잖아~.

두 사람은 던전 안에서 고민에 잠겼다.

그러나 던전 안에서 그런 이야기를 나누고 있으면 당연히 몬스터도 눈치챈다.

◆카오카오 : 아, 또 박쥐!

◆윳키♥ : 정말~ 싫어~!

두 사람은 또다시 케이브 배트에게 당할 위기에 빠졌다.

그러나 박쥐의 이빨이 닿기 직전, 날카로운 섬광이 몬스터를 썰어버렸다.

◆윳키♥ : 살아있어~?

◆카오카오 : 어라?

두 사람 앞에 커다란 그림자가 서 있었다.

반짝이는 금발에, 몸 요소요소를 가린 갑옷.

손에는 자기 몸 크기만 한 거대한 검.

화려하게 몬스터를 격파한 그의 이름은—.

◆슈바인 : 앙? 왜 이런 곳에 노비스가 있어?

슈바인 님이다! 슈바인 님이 나타났다!

"숍?!!?!?!?!?!??!?!?!????!!!!"

참아, 참아야 해. 아코!

건너편에서 앉아있던 아코는 무심코 이름을 부르려 하다가 어찌어찌 참았다.

(슈, 슈잖아요?! 왜 이런 곳에 와버린 건가요?!)

(나도 전혀 모르겠어!)

세가와의 화면에는 평소의 전력 장비를 착용한 슈바인이, 완전 초보자용 필드 던전에 서 있는 모습이 보였다.

이 녀석, 남인 척을 하고 메인 캐릭터로 도와주러 왔잖아!

"어, 이거 어떻게 해야 해?"

"아…… 저기…… 아까처럼 채팅을 일반으로 바꿔서 말하면……."

너무나 뜬금없는 상황이라 아코는 몇 번이나 더듬더듬하며 설명했다.

뭐, 말로 해봤자 들리긴 하지! 여기 본인이 있으니까!

◆카오카오 : 안쪽 사람이 있는 곳으로

◆카오카오 : 가고 싶어요.

카오카오가 더듬더듬 설명했다.

슈바인 님은 호들갑스럽게 어깨를 으쓱했다.

◆슈바인 : 엉? 왜 저런 곳에…… 뭐, 상관은 없지만.

그는 부웅, 하고 멋있게 대검을 휘두르며 말했다.

◆슈바인 : 그럼 이 몸을 따라오라고.

슈바인이 기운차게 앞서 걸어갔다.

"어, 이거 따라가도 돼?"

"도우미 NPC처럼~?"

이해할 수 없는 전개가 벌어지자 카오와 마에카와는 곤혹스러워했다.

그야 그렇겠지. 영문을 모를 테니까.

"아뇨, 플레이어니까 NPC는 아니에요."

"가끔 지나가는 좋은 사람 아닐까?"

"그렇구나. 사람이 있구나!"

"온라인이라는 느낌~! 아카네도 빨리 와~."

"어, 잠깐 기다려 기다려."

의외로 슈바인 님은 좋은 인상이었다.

일단은 곤란한 상황에서 도움을 준 낯선 사람이니까.

앞을 걸어가는 슈바인은 레벨 100을 넘어선 4차 직업 딜러다. 그냥 대충 평타만 휘둘러도 적이 쓰러진다.

그리고 고작 몇 분 만에 NPC 앞에 도착했다.

◆슈바인 : 자, 도착했다고.

◆카오카오 : 고마워요!

◆윳키♥ : 감사합니다~.

◆슈바인 : 그럼 잘 있어라, 조심해서 돌아가고.

슈바인 님은 감사를 표하는 두 사람에게 손을 흔들며 경쾌하게 떠나갔다.

그 모습은 믿음직한 상급 플레이어 그 자체였다.

◆카오카오 : 이야기하기 전에 아카네 기다릴까?

◆윳키♥ : 으음~, 어떻게 할까~.

그렇게 말하던 직후—.

◆아카네☆ : 다들 무사해~?

아카네☆가 돌아왔다!

그것도 뭔가 허접한 변신 히어로 같은 타이밍에!

◆아카네☆ : 적이 없던데, 무슨 일 있었어?

◆카오카오 : 응응. 강한 사람이 도와주러 왔어!

◆아카네☆ : 흐응, 좋은 사람도 다 있네.

◆윳키♥ : 온라인 게임은 다정하네~.

◆아카네☆ : 그러게.

온라인 게임에 좋은 이미지가 남은 것 같아서 세가와도 기뻐 보였다.

조금 아슬아슬한 플레이였지만 나쁘지는 않았네.

—그렇다. 좋은 일이었다. 여기서 끝났다면 말이지.

그러나 슈바인 님은 그 후에도 나타났다.

◆윳키♥ : 어쩌지? 다음 목적지를 모르겠어~.

◆아카네☆ : 잠깐 잊은 물건이 있으니까 기다려봐!

◆카오카오 : 어, 아카네?

◆슈바인 : 너희들, 뭔가 곤란한 일이라도 있냐?

◆카오카오 : 아까 그 사람?!

몇 번이고 나타났다.

◆카오카오 : 이 아이템 전혀 드롭되지 않는데.

◆윳키♥ : 귀찮아~.

◆아카네☆ : 퀘스트 받아오는 걸 잠깐 잊었으니까, 돌아가서 받아올게.

◆윳키♥ : 어? 응, 조심해~.

◆슈바인 : 또 너희냐.

◆카오카오 : 또 아까 그 사람?!

몇 번이고 몇 번이고 나타났다.

◆카오카오 : 잠깐, 이 퍼즐 잘 모르겠는데!

◆윳키♥ : 어쩌지~? 포기할까~?

◆아카네☆ : 화장실 갔다 올게.

◆카오카오 : 화장실? 어, 게임에서? 평범하게?

◆슈바인 : 오, 우연이구만.

◆카오카오 : 뭐어어?!

몇 번이고 몇 번이고 몇 번이고— 아니, 대체 얼마나 튀어나오는 건데!

뒤에서 빤히 보고 있지 않으면 나올 수 없는 타이밍하고 횟수잖아!

이제 변신 히어로는 고사하고 완전히 스토커야!

"이, 이 사람 뭐야……?"

"모르겠어~……."

거봐, 무서워하잖아.

"…………응?"

세가와도 왜 무서워하는데? 라는 표정 짓지 말라고! 너무 지나치잖아!

"그런데…… 타마키랑 아는 사이~?"

"네에?"

문득 마에카와가 아코에게 물었다.

"타마키랑 같은 마크가 붙어있어서."

"……아, 보고 있었나 보네요."

길드 마크인가. 하긴. 길드에 들어가면 표시되지.

같은 앨리 캣츠니까, 아코와 슈바인에게는 같은 마크가 표시되어 있었다.

"실은 맞아요. 믿음직한 사람이에요."

"깜짝 놀랐네."

"먼저 말해주지~, 누구인가 했잖아~."

"아, 아하하하하."

그리고 세가와는 메마른 웃음소리를 냈다.

겨우 『어, 혹시 위험한가?』라는 걸 깨달은 모양이다.

그러나 깨닫는 게 너무 늦었다.

"아코랑 같은 길드? 그렇다면……."

마에카와가 모니터 틈새에서 세가와에게 얼굴을 내밀었다.

"아까 그 사람, 혹시 아카네~?"

역시 들켰다아아아아아!

"!!!?!?!?! 무, 무슨 소리야?"

세가와는 엄청나게 딱딱한 얼굴로 어찌어찌 물었다.

괘, 괜찮은가? 얼버무릴 수 있나?

"지금 그거, 아까부터 오던 검 들고 있는 사람 말이야?"

"응응, 그 사람~."

"그럴 리가 없잖아. 아직 레벨 5인데."

"그래도 아카네가 사라지고 나면 오는데~."

"그러고 보니!"

카오도 양손을 위아래로 휙휙 흔들며 말했다.

"그럼 아카네가, 이 몸에게 맡겨둬라~! 라고 말하면서 도와주러 온 거야?"

"그런 부끄러운 1인칭을 쓰는 사람은 몰라!"

이 몸 소리가 부끄럽다는 자각은 있었던 거냐!

"어~, 아니야? 매번 아카네가 없어질 때마다 찾아오는데?"

"아, 아카네도 아코랑 게임하고 있었으니까 강한 캐릭터를 가지고 있는 거 아니야~?"

"아, 아니라니까!"

세가와가 허둥지둥 식은땀을 흘리며 필사적으로 변명했다.

하지만 이건 조금 여의치 않은데. 으음, 잠깐만. 뭔가, 도와줄 게 없나?

"아, 아니야. 나는 뒤에서 보고 있었다고."

"어?"

"아, 니시무라. 아카네 쪽에서 보고 있었구나~."

그렇다. 세가와의 모니터를 보고 있는 건 나뿐이다.

그러니 어떻게든 변명을…… 으음…….

"이 녀석이 슈바인이 올 때 없어지는 건……."

좋아. 이걸로 가자. 나는 세가와를 가리키며 말했다.

"귀찮아지는 상황이 오면 해결될 때까지 도망쳤다가 오는 거야."

"뭐…… 잠깐. 말하지 말라고!"

"너, 아무리 의욕이 없다고 해도 어울려주고 있으니까 조금은 열심히……"

"나는 게임이나 오타쿠 같은 것에 흥미가 없단 말이야!"

(나이스 커버! 역시 내 파트너!)

(너 말이야. 이걸로 안 되면 이제 방법이 없다고.)

(버리지 말아줘~!)

노려보는 척하면서 애원하는 세가와를 내쳤다.

그래도 이러면 어찌어찌 해결될까? 믿어줄까?

"하지만 왠지…… 으~음……."

아아아, 마에카와가 약간 의심하고 있어! 나하고는 조금도 관계가 없으니까! 얼버무려도 통하지 않는구나!

그런 아슬아슬한 타이밍에 딩동댕동 하는 소리가 났다.

부활동 시간의 종료를 알리는 소리였다.

"아, 벌써 시간이……."

"오, 오늘 체험은 여기까지네! 수고했어!"

세가와가 잘됐다는 듯이 끝내려 했다.

그리고 두 사람도 익숙하지 않은 게임을 해서 피곤한지 순순히 자리에서 일어섰다.

"꽤 즐거웠어~! 타마키, 니시무라. 고마워."

"또 하고 싶네~."

"……그, 그러게……."

두 사람이 기분 좋아하는 반면, 세가와만큼은 전혀 즐겁지 않아 보였다.

"미안하지만 슬슬 문화제 준비가 위험하니까. 또 와줘도 되지만 문화제 뒤에 부탁해."

"아, 그러고 보니."

"바쁠 텐데 미안해~."

"그, 그러게. 오늘도 이러고 있을 때가 아니잖아. 바보라니까."

그러게! 여러 의미로 이럴 때가 아니지!

"그럼 우리는 부장하고 아키야마를 기다렸다가 부실 닫고 나갈 테니까."

"먼저 돌아가 주세요."

"그럼 내일 봐."

"고마웠어~."

두 사람이 부실에서 나갔다.

그녀들의 뒷모습을 배웅한 뒤—.

"…………."

세가와는 말없이 부실 문을 단단히 닫았다.

그리고 우리에게 고개를 돌리고는 마치 사망 직전인 표정으로 말했다.

"……혹시, 말인데."

죽은 사람보다도 생기가 느껴지지 않는 목소리였다.

"오타쿠 커밍아웃은 고사하고…… 슈바인 커밍아웃, 하기 직전이야……?"

"직전이네요."

"직전이지."

"어, 어쩌지?! 그것만큼은, 그것만큼은 절대로 안 되는데~!"

"……그런 말을 해도 말이지."

아코도 나도, 생각하는 건 같았다.

"네 잘못이야."

"슈 탓이에요."

"미안합니다아아아아아아아아."

사과해봤자 어쩔 방도가 없다고!

2장

"오늘부터 모두 함께 리얼충이 되는 거야!"

"큰일 났어…… 이거 정말 농담으로 끝나지 않는다고……."

덜덜 떠는 세가와를 보자, 교섭하고 돌아온 마스터와 아키야마가 곤란한 표정을 지었다.

"왜 이렇게 된 거야……?"

"시작 단계에서는 화기애애한 이벤트였지만……."

이유는 간단합니다.

"세가와가 허접한 변신 히어로 짓을 해서 그래."

"메인캐인 슈가 몇 번이고 몇 번이고 나왔거든요……."

"아아……."

"슈바인의 나쁜 버릇이 나왔나……."

자신의 슈바인은 굉장히 멋지니까 모두 봐주기를 바라는 병이 튀어나왔다고.

"아니야! 나는 온라인 게임에는 모두를 도와주는 근사한 사람이 있다는 걸 보여주려고 해서!"

"그거, 선의였냐."

"그래! 나는 좋을 것 같아서! 좋을 것 같아서 슈바인을 데려온 거야!"

"그냥 멋진 슈의 롤플레이를 하고 싶을 뿐인 줄 알았어요."

"그런 부분도 있었어."

역시 폼 잡으려고 했던 거냐.

"으으음. 내가 없어진 뒤에 그런 일이 있었다니……."

"아아…… 보고 싶었어! 그 장면 굉장히 보고 싶었어~!"

"세테 씨. 있었으면 분명 웃었겠네요."

"복근에 근육통이 생길 만큼 웃었을 거야!"

"나나코가 없어서 다행이었어!"

그렇게 웃으면 아무리 용을 써도 얼버무릴 수 없었을 테니까!

"그래서, 제대로 변명은 했어?"

"했지만…… 들킨 것 같기도 해……."

"마에카와. 납득하지 않은 것 같았으니까."

오히려 카오가 더 속이기 쉬웠던 걸지도 모른다.

"이제는 어쩔 수 없지. 포기하면 되지 않겠나? 편해질 텐데?"

"싫어! 절대 싫다고! 오타쿠 커밍아웃은 각오할 수 있고, 최악의 경우에는 온라인 게임을 하는 게 들켜도 어쩔 수 없어. 하지만, 하지만—."

세가와의 눈에 눈물이 맺혔고 진짜로 울면서 말했다.

"슈바인 님 커밍아웃은 무리야! 그건 아무리 그래도 한계를 넘어섰다고!"

"……응, 그렇지…… 현실에서 오타쿠는 싫다고 말해놓고서, 실은 온라인 게임에서 이 몸이라고 말하는 남자 캐릭터를 쓰고 있다니, 버겁지……."

"잠깐, 니시무라. 일부러 말하지 말라고!"

"솔직히 말하면, 온라인 게임 폐인에 BL을 즐기고, 자기가 만든 남자 캐릭터와 다른 남자 캐릭터의 우정을 즐기고 있는 업보 깊은 오타쿠다."

"지금은 코스프레 의상 제작까지 손을 댔으니까요."

"의상은 부활동이잖아!"

"그걸 제외해도 이미 외통수잖아."

"바로 그렇습니다아아아아아아아아."

세가와가 책상에 푹 엎어졌다.

아키야마가 손수건으로 눈가를 닦아주고 있다.

아니, 불쌍하기는 해.

"하지만 대책이 하나도 없으니까……."

"어떻게 하죠……?"

우리에게는 아무런 대책도 떠오르지 않았다.

그런 가운데, 눈물을 닦은 세가와가 천천히 일어나서 말했다.

"……그만둘래."

어, 지금 뭐라고?

우리가 아연실색해서 바라보는 가운데, 세가와는 다시금, 더욱 강하게 단언했다.

"그만둘래! 이제 전부 그만둘래! 오타쿠도 여고생도 양쪽 다 은퇴할 거야!!!!"

우와아아아앗. 자포자기가 되었어!

안 되잖아. 전부 내던지는 건 그만둬!

"진정해, 세가와! 적어도 여고생은 계속하라고!"

"맞아요, 슈. 적어도 온라인 게임은 계속하자고요!"

"넌 좀 입 다물고 있어!"

"아코는 좀 입 다물고 있어!"

"아코 군은 조용히 하고 있어라!"

"에엑?!"

전원이 아코를 뒤로 숨겼다.

"진정해, 아카네. 여고생을 그만두면 큰일이잖아. 안 그래?"

"괜찮다. 아직 너의 고교 생활은 종료되지 않았어!"

"아직 증거는 없을 테니까! 외통수는 아니니까!"

"우우…… 나, 아직 여고생 할 수 있어?"

"할 수 있어 할 수 있어!"

어, 어찌어찌 세가와의 설득에 성공, 했나?

진짜 위태로웠다. 세가와가 전부 내던질 뻔했다.

"포기하면 안 돼. 슈바인 커밍아웃만 피하면 괜찮으니까."

"그렇……겠지……? 내가 오타쿠라는 거, 온라인 게임 하는 거, 슈바인 님이라는 게 들키지만 않으면, 그러면 괜찮은 거지?"

"맞아, 아카네. 괜찮아."

"음. 아직 포기하기는 이르다!"

모두의 격려를 듣자 겨우 세가와의 눈동자에 빛이 돌아왔다.
그리고 그녀는, 다시 외쳤다.
“그럼 오타쿠 그만둘래! 부활동도 게임도 애니 보는 것도 만화 읽는 것도 전부 그만둘 거야!”
또 극단적인 방향으로 달려갔다!
“잠깐잠깐잠깐. 게임을 그만둔다니. 그럼 LA는 어쩔 건데.”
“오늘부로 은퇴야!”
—은퇴, 라고?
“진심으로 하는 소리야?!”
“당연히 진심이지! 이제 은퇴할 수밖에 없잖아!”
“아니, 그건…… 큭, 확실히 제일 안전성이 높긴 하지만……!”
두 번 다시 로그인하지 않으면 증거 같은 건 어디에도 없다.
온라인 게임을 은퇴하고 오타쿠를 그만두면 세가와는 평범한 여고생으로 돌아간다.
그렇게 생각하자 나는 막을 수 없었다.
마침내 은퇴라는 말이 동료의 입에서 나오고 말았구나.
그래, 은퇴하는 건가…….
“이때가 오고 말았네.”
“……슈…….”
“한 명의 은퇴자도 내지 않았던 앨리 캣츠에서 최초의 은퇴자인가…….”
우리는 조용히 끄덕이며 세가와에게 시선을 보냈다.

그리고 모두 다정하게 말했다.

"그럼, 내일 보자."

"기다릴 테니까요."

"로그인 보너스는 끊지 않는 게 좋아."

"어차피 돌아올 거라는 취급하지 말라고!"

그치만, 굳이 은퇴한다고 말하는 사람은 대개 돌아오니까.

정말로 은퇴하는 사람은 아무 말 없이 사라진단 말이지.

"은퇴 사기하고는 달라. 나는 진심이라고."

"그럼 정말로 그만두려고?"

"그래! 온라인 게임 같은 건 은퇴하고, 진짜 리얼충이 될 거야!"

그렇게 말하는 세가와의 표정은 진지해서 도저히 거짓말로는 보이지 않았다.

정말이냐. 진짜로 은퇴하는 거냐.

만류하고 싶지만 이유가 너무 진지했다.

게임보다는 현실이 중요하니까. 이번만큼은 이해할 수 있다.

세가와가 이상적인 학교생활을 보내기 위해서라면 은퇴하는 것도 어쩔 수 없으리라.

"……그런가."

"쓸쓸해지겠네요."

"언제든지 돌아와도 되니까."

"아카네가 없어도 나는 이 게임 계속할게!"

오랫동안 함께 모험해온 동료를 보내주는 숙연한 분위기.

왠지 마음속에서 슈바인과의 추억이 새록새록 솟아나는 것 같았다.

슬픔을 참으면서 등을 밀어주려는 우리에게, 정작 세가와는—.

"뭐? 무슨 소리야?"

어리둥절하게 우리를 바라보며 말했다.

"당연히 너희도 같이 해야지."

…………?

"엥?"

"같이라니, 무슨 소리인가요?"

"나 혼자 은퇴할 수 있을 리가 없잖아! 그러면 하루 만에 돌아온다고!"

"그런 소리를 해도!"

그런 소리를 자신만만하게 하지 말라고!

세가와는 그러니까, 하고 말을 이었다.

"이렇게 됐으니 모두 오타쿠를 그만두자!"

"기다려!"

"싫어요오오오오오!"

"설마 우리 전원을 끌어들일 셈이냐?!"

예상 밖의 사태였다.

그리고, 그러면 당연히—.

"좋을 것 같아! 찬성찬성!"

아아아, 역시 아키야마가 좋아하고 있어!

댁도 온라인 게임 그만두면 하고 싶어질 텐데!

"너희를 리얼충으로 만들어줄 테니까, 나도 리얼충으로 만들어줘."

"완전 엉망진창이잖아."

"우리는 몰라도, 세가와는 이미 리얼충 아닌가?"

"그럼 너희를 리얼충으로 육성…… 육성해주겠어!"

육성해주지 않아도 되거든! 우리는 음울한 오타쿠인 채로 그늘진 곳에서 즐겁게 살아가면 행복하다고!

"리얼충이 되고 싶으면 혼자 되라고!"

"어째서야. 우리는 동료잖아?! 내가 슈바인이라는 게 들켜도 돼?!"

거기서 동료라는 말을 쓰는 거 치사하지 않아?! 협박이 너무 무겁잖아!

"은퇴라니 무리에요."

아코가 부들부들 떨면서 말했다.

"슈, 저한테 죽으라는 건가요?!"

"거기까지는 말하지 않았잖아?!"

"아코는 한 번 은퇴해보는 게 어떨까 싶긴 해."

부정할 수는 없었다.

"흠…… 시기로는, 나쁘지 않나."

평소라면 부장으로서 반대할 것 같던 마스터도 진지한 표정으로 수긍했다.

"마침내 첫 은퇴자가 나온 거다. 우리에게도 남 일은 아니지. 각자 앞으로 레전더리 에이지와 어떻게 접해야 하는가. 조금 거리를 두고 생각해 볼 시간이 필요할지도 모른다."

왠지 진지한 말이 나오고 말았다.

마지막 문화제를 앞두고 마스터도 생각하는 바가 있는 것일까?

"어떻게 접하냐니, 저의 전부인데요."

"좋아. 아코. 잠깐 쉴까."

"어째서인가요?!"

게임이 전부가 되면 안 되니까 그렇지!

"게다가 지금은 아무런 이벤트도 없고, 문화제 준비에 시간이 필요하다. 어쩔 수 없이 로그인 시간이 줄어들 텐데?"

"그야 뭐…… 확실히……."

로그인해도 레벨을 올리거나 장비를 모을 뿐이었다.

그걸 하고 싶은 거지만…….

"찬성 세 명! 반대 두 명, 그렇게 됐으니!"

세가와가 기뻐하며 말했다.

"전원 오타쿠 은퇴! 오늘부터 모두 함께 리얼충이 되는 거야!"

그렇게 되었다.

"될 리가 없잖아요!"

"교문을 나온 순간부터 포기했구나, 아코."

"그치만~!"

아코는 반쯤 울상인 수준이 아니라 진짜로 울면서 내 팔을 잡아당겼다.

"저한테서 온라인 게임을 빼면 뭐가 남는데요!"

"여기 있는 아코는 그대로 남을 것 같은데."

"즉, 아무것도 없잖아요!"

"무(無)의 상태로 존재하는 건 그만두자."

세계의 법칙이 흐트러지니까!

"저의 본체는 인터넷에 있고, 현실의 저는 몸이 움직이는 것처럼 보일 뿐이니까요."

"세계관이 SF인데."

"그거 있잖아요. 버추얼 유튜버, 아코 16세 같은 식으로요."

"그거, 아코의 토크로 인기를 얻어야 하잖아."

"토크는 프로한테 의뢰하죠."

"아코는 대체 어느 부분에 속해 있는데?"

이미 아코 요소가 어디에도 없잖아.

"하아…… 슈, 어째서 은퇴 같은 소리를……."

"평범하게 생각하면, 이 몸이라고 말하면서 롤플레이하고 있다는 걸 들키면 무리잖아."

"왠지 자포자기 같던데요."

"조금 더 세가와를 다정하게 대해주자?"
아코는 롤플레이를 하는 타입이 아니니까.
"오히려 이해할 수 없는 건 왜 현실을 우선해서 게임을 그만두는가, 그거예요!"
"거기냐."
"게임이 더 중요하잖아요."
"미안. 난 현실이 중요한 타입."
"어째서 그런 거짓말을 하는 건가요?"
실례네! 그야 나도 게임만 있으면 살아갈 수 있을 것 같지만, 뭐가 중요하냐고 물으면 역시 현실이야!
"난 어딜 봐도 현실이 우선이잖아."
"그럼 게임할 시간에 성실하게 공부해야 하지 않을까요?"
"행동으로 정확하게 비판하는 건 그만둬."
현실은 최적의 행동을 할 수 없으니까 현실인 겁니다~. 어쩔 수 없다고요~.
"우우, 슈. 언제까지 은퇴하는 걸까요?"
"바로 복귀할 것 같긴 한데 말이지."
하지만 정말 의외이긴 했다.
"아코. 이러니저러니 해도 일단 어울려주는구나."
모른 척하고 LA를 계속할 줄 알았다.
아코에게 온라인 게임은 그 무엇과 비교해도 버릴 수 없는 것인 줄 알았는데.

"그만두고 싶지는 않지만, 아니 그만두지는 않지만! 단지, 조금 쉬는 것 정도라면 할 수 있으니까요."

아코는 괴로운 듯이, 하지만 조금은 기뻐하며 말했다.

"그리고 슈도, 자기만 그만두는 줄 알았는데…… 같이 그만두자고, 말해줬잖아요."

"응. 조금 기쁘긴 했지."

혼자 사라질 줄 알았는데 모두 그만두자는 말을 꺼냈다.

그게 기쁜 나머지 어영부영하다 어울려주게 된 부분도 있다.

"슈가 없으면 쓸쓸하니까, 조금 정도는 괜찮을 것 같아서요."

"그러게."

한가할 때 처음으로 움직이는 건 언제나 슈바인이고 전투에서도 우리를 이끌고 있다.

길드의 무드 메이커를 거론한다면 잡담에서는 아코, 플레이에서는 슈바인, 여차할 때는 마스터다.

전에 세가와가 알바를 시작할 때도 느낀 거지만 슈바인이 빠지면 재미가 없단 말이지.

"그 녀석, 설마 진짜로 그만두지는 않겠지……?"

"그건, 설마…… 싶기는 한데요."

평소였다면 말도 안 된다고 했겠지만 이번에는 오타쿠 커밍아웃은 고사하고 슈바인 커밍아웃의 위기다.

"진짜로 그만둬도 이상하지는 않나……."

"진심이면 어쩌죠?"

"……잠깐 낌새를 볼까."

"네. 제대로 감시해봐요."

내버려 뒀다가 진짜로 그만두게 되면 곤란하니까.

"그럼, 한동안 세가와에게 어울려줘서 온라인 게임을 관둬야 하나……"

"아뇨아뇨, 루시안."

아코가 음흉하게 씨익 웃으며 말했다.

"……슈가 자는 사이에 몰래 들어가면 모르잖아요."

"……아코 씨. 그대도 참 사람이 나쁘구먼."

"아뇨아뇨, 루시안이야말로."

둘이서 크큭큭 웃었다.

뭐, 딱히 감시하는 것도 아니니 몰래 로그인하면 되잖아.

그렇게 생각했는데…….

"다녀왔다~."

귀가해서 컴퓨터를 켜려다가 깨달았다.

"……로그인하면 안 되던가?"

오늘부터 비오타쿠 리얼충이야! 라는 세가와의 목소리가 뇌리를 스쳤다.

으음, 그래도 말이지.

"짬짬이 들어갈 수밖에 없잖아."

로그인을 유지하면 보너스도 받을 수 있고, 나는 길드의 서브 마스터니까 오랫동안 들어가지 않으면 권한이 양도된단 말이지.

물론 하루 이틀 정도라면 괜찮지만 일단 들어가는 편이 안전하다.

어쩔 수 없어 어쩔 수 없어. 들어갈 뿐 들어갈 뿐.

마음속으로 그런 변명을 하면서 클라이언트를 켜고 게임으로 들어갔다.

평소 그대로의 루시안이 나를 맞이해주었다.

자, 그럼. 길원 항목을 보니— 오오, 아무도 들어오지 않았네.

"음, 혼자인가…… 기왕 이렇게 됐으니 잠깐 사냥이라도."

딩동~!

"우왓?!"

갑자기 휴대전화가 울렸다.

눈을 돌리자 잠금화면에 새로 온 메시지가 보였다.

【아카네】 뚜뚜~! 니시무라 아웃~!

드, 들켰어~!

이 녀석 에스퍼냐!

【니시무라】 무무무무무슨 소리야?

【아카네】 너 로그인했잖아.

【니시무라】 아니 그게, 로그인 보너스랑 섭마 권한 유지 때문에…….

【아카네】 그럼 잠깐 들어갔다 나오면 되는데, 꽤 오래 들어가 있던데?

어째서 알아챈 건데?! 너는 들어오지 않았잖아!

【아코】 루시안, 들어갔었나요?

【아카네】 뚜뚜~! 아코 아웃~!

【아코】 헉!

【아카네】 니시무라 따라서 로그인하지 말라고! 그보다 컴퓨터도 최소한으로 켜야 해!

그런 무리한 요구를! 컴퓨터 켜는 것 정도는 괜찮잖아!

【니시무라】 애초에 왜 들킨 거야?

【아카네】 너희가 친구 등록해 놓은 동생뻘 녀석한테 들어오면 연락해달라고 말해놨거든.

【니시무라】 은퇴한 게임의 친구를 대놓고 활용하지 말라고!

친구 등록이라는 감시 사회가 우리의 행동을 속박한다!

【아카네】 할 거 없으면 드라마라도 봐. 오늘 『세제첫』 하니까.

【아코】 응? 그게 뭔가요?

【나나코】 모, 모르는 거야……?

【아카네】 유행이거든. 이미 사회 현상이야.

【니시무라】 예능 뉴스에서 본 적이 있는 듯도 하고…….

【아코】 없는 듯도 하고…….

사회에서 격리된 우리였다.

어쩔 수 없지. 실제로 한가하기도 하고 컴퓨터를 쓰는 것이 안 된다면 방에 있어봤자 할 수 있는 게 없다.

계단을 내려와 1층 거실로 향했다.

"하아……."

"어, 오빠?"

내가 거실로 가자 소파에서 뒹굴던 미즈키가 의아한 표정을 지었다.

"이런 시간에 어쩐 일이야?"

"거실로 내려왔다고 의아한 표정을 짓는 건 이상하지 않아?"

"평소에는 목욕할 때만 내려오는걸."

그래. 확실히 그렇지.

"오늘은 잠깐 TV나 볼까 해서."

"지금부터 드라마 볼 건데, 바꿀까?"

"여동생을 밀어내면서까지 좋아하는 채널을 보지는 않아."

"녹화할 거니까 딱히 상관없는데."

나도 미즈키도 기계에는 밝은 편이라 즐겨 보는 방송은 확실하게 녹화한다.

그래서 우리 집은 옛날부터 채널 경쟁이 없었다.

"세가와가 드라마 보라는 말을 해서."

"세계 제일의 첫사랑? 마침 지금 시작할 텐데?"

"아, 그게 이건가?"

TV 화면에는 미인 여배우가…… 미인…… 미인……?

아코가 더 귀여운 것 같은데…….

뭐, 뭐어 됐다.

"마침 잘됐네. 나도 볼게."

"오빠까지 보고 싶어 하다니, 세제첫은 정말로 인기가 많네."

"보고 싶은 건 아닌데 말이지."

일단은 친구한테 어울려주는 거다.

"도중부터 봐도 알 수 있나?"

"설명해줄까?"

"부탁드립니다."

"맡겨둬."

여동생의 해설을 들으면서 느긋하게 드라마를 봤다.

리얼충 같은 건 제쳐놓더라도 왠지 나쁘지 않은 시간이었다.

††† ††† †††

온라인 게임을 하지 않아서 그런지 오랜만에 푹 잘 수 있었던 다음 날 아침.

"그 드라마보다 우리 연극이 더 출연자가 호화롭지 않나……?"

뭐, TV에 나오는 사람이 전원 미인인 건 아니니까.

실례되는 생각을 하면서 교실로 들어가자, 세가와와 아키야마는 왔지만 아코는 아직 등교하지 않은 것 같았다.

밝은 머리색을 가진, 짧은 머리를 한 여자아이의 옆을 지나쳐서 내 자리로 향했다.

"좋은 아침이에요."

"어, 아, 좋은 아침……."

그런데 그 아이가 갑자기 말을 걸었다.

나한테 인사하는 여자라니 웬일인가 싶어서 시선을 돌렸는데— 어라?

부끄러운 표정으로 나를 올려다보는 단발머리를 한 여자.

폭신폭신해 보이는 밤색 머리는 본 적이 없지만 표정은 묘하게 친숙하다.

평소에도 익숙한 여자아이가 머리를 들어 올리면 이런 표정을 지을 듯한, 그런 느낌.

응?

어라?

에에엑?!

세 번을 본 나는 겨우 입을 열었다.

"아……코…… 씨?"

"아, 네."

단발머리 여자아이는, 아코였다.

평소의 긴 머리가 폭신폭신한 단발머리로 변했다.

그야말로 어제 봤던 드라마 속 여배우처럼.

"어, 어째서 단발이야? 설마 잘랐어?!"

"아뇨아뇨아뇨!"

아코가 고개를 붕붕 내저었다.
어? 머리가 약간 붕 뜬 것 같은데.
"깜짝쇼 대성공이네!"
"놀랐어? 이거 가발이야."
세가와와 아키야마가 씨익 웃으며 다가와서 말했다.
가발이라니 머리 위에 뒤집어쓰는 그거?
"어, 저 안에 아코의 머리가 전부 들어있다고?!"
"응. 머리가 좀 커지긴 했지만."
"원래 머리가 작으니까 조금 위화감이 있네. 그래도 뭐, 괜찮지?"
"우우우, 얼굴이 가려지지 않아서 진정이 안 돼요."
머리가 무거운지 아코는 조금 휘청거리고 있었다.
그렇군. 자른 게 아니구나. 깜짝 놀랐네.
"그런데 왜 이렇게 한 거야?"
"오타쿠를 졸업한다면 외모부터 가볼까 해서, 둘이서 아코를 만지작거렸어!"
"아코는 갈고닦으면 빛나니까!"
갈고닦지 않아도 빛나는 녀석을 전력으로 갈고닦으려 하다니!
"어때어때? 아코 귀엽지?"
자자, 하고 등을 떠밀려서 아코 앞에 섰다.
나를 올려다보며 부끄러운 듯이 뺨을 붉히는, 터무니없는 미소녀와 눈이 마주쳤다.

"이, 이상하지 않나요? 역시 저는 이런 거, 안 어울리죠?"

그녀가 우물쭈물 말했다.

아아, 이건 틀렸다.

나는 거의 아무 생각 없이 무심코 이렇게 말했다.

"결혼해주세요."

"어, 아, 네."

반사적으로 대답한 아코가 곧바로 덧붙였다.

"그런데 이미 결혼했잖아요?!"

"결혼했어도 결혼해주세요."

"몇 번이고 할 거지만요! 좋아해요!"

"히이익!"

큰일이다. 농담이 아니라 진짜 마음을 빼앗길 정도로 귀여웠다.

평소 아코보다 잘 어울린다거나, 귀엽다거나 같은 수준이 아니었다.

나하고는 인연이 없을 줄 알았던 터무니없는 미소녀가 나를 좋아한다고 말해주는 걸 보니 뇌가 녹아내릴 뻔했다.

"니시무라. 좀 더 평범하게 칭찬할 수 없어?"

"귀여워. 너무 귀여워서 위험해."

"고, 고맙습니다."

아코가 빨개진 얼굴을 밑으로 내렸다.

평소와 달리 이래도 얼굴이 제대로 보인다.

아코는 쑥스러울 때 이런 표정을 짓는구나.

"아, 그러고 보니. 두 사람 다 드라마 봤지? 세제첫."

화제를 바꾼 아키야마가 즐겁게 물었다.

나는 아코에게서 시선을 돌리고 답했다.

"짜증이 났어."

"짜증이 났어요."

나와 아코의 대답은 똑같았다!

"솔직하게 말하면 될 텐데 계~속 다투기만 하고."

"좀 더 서로를 믿으면 되는 이야기였어요."

"너희야 그렇겠지."

"그 감상은 기혼자 같네."

"에헤헤~."

기쁜 듯이 내 옷자락을 잡는 엄청 평범하게 귀여워진 아코.

그런 그녀에게서 슬쩍 떨어졌다.

"루시안?"

"…………."

아, 아무것도 아니거든요?

"좋아하는 배우는 나왔어?"

"애초에 이름을 모르는데."

"유명한 사람밖에 나오지 않는데?!"

"연예인 같은 건 모른다고!"

"성우라면 목소리로 알 수 있지만요."

"그게 벌써 오타쿠라니까!"

"에이, 딱히 상관없잖아요."

"그, 그렇지."

"……어라?"

그렇죠? 하고 몸을 기울여서 다가오는 아코에게서 다시 떨어졌다.

"저기, 루시안?"

"뭡니까?"

"아까부터 조금 피하는 듯한……."

"아, 안 피했거든!"

나는 그렇게 말하면서도 슬금슬금 거리를 벌렸다.

"아~, 니시무라. 쑥스러워하는구나!"

"우리가 개조 수술을 집도한 아코가 귀여우니까 압도당한 거네."

"에엑!"

들켰어!

히죽히죽 웃는 표정을 부정해주고 싶은 기분으로 가득했지만…….

곤란하게도 변명할 말이 전혀 나오지 않았다.

"미안한데 진짜 너무 귀여워서 무리."

얼마 전의 아코는 이런 기분이었냐고 생각하게 될 정도다.

지금까지의 아코는 은근히 수수한 분위기가 있어서 같이 다녀도 괜찮았다.

그런데 이렇게 귀엽게 변해버리면 나 같은 놈은 제대로 전투조차 할 수 없다고…….

"혹시 지금이 공격할 때가 아닐까요!"

"그만둬! 진짜로 그만둬!"

지금의 아코에게는 아무리 용을 써도 이길 수 없을 것 같으니까!

"훗, 이 정도의 리얼충에게 지다니 아직 멀었네."

"또 뭔가 꾸미고 있는 거냐, 세가와?!"

"당연하지. 너희의 리얼충은 지금부터야!"

연재 종료 엔딩 같은 소리를 꺼냈다!

"인 더 노래방~!"

"이예~이!"

세가와 & 아키야마 두 사람이 텐션을 높이며 외쳤다.

"친구와 노래방…… 노래방……!"

그리고 마스터는 감동하며 몸을 떨었다.

온라인 게임이 안 된다면서 부활동은 어떻게 할 건가 싶었는데…….

"설마 방과 후에 노래방에 오다니……."

"휴일이라면 모를까, 귀가하는 길에 들르기도 하나 보네요."

"이 두 시간의 노래방이 제일 흥겹거든?"

"괜히 오래 있는 것보다 짧은 게 좋은 거야. 짧고 굵게."

우리는 알 수 없는 감각이었다.

하지만 이 자리에서 필요한 건 알고 있다.

스르륵 방 안쪽으로 나아가서 선반에 있는 탬버린을 든 바로 그때.

"—앗!"

"제법이네요, 루시안."

"너도 말이지. 아코."

우리는 씨익 웃었다.

마찬가지로 마라카스를 든 아코가 그곳에 있었다.

지팡이 같은 걸 아코가, 방패 같은 걸 내가 들고 있는 걸 보면 역시 잘 어울린다.

"……너희는 왜 마이크가 아니라 탬버린하고 마라카스를 갈취한 건데?"

"짤랑짤랑 흔들려고."

"짤랑짤랑 흔들려고요."

"같이 노래 부르자~!"

"아뇨, 듣기만 해도 충분하니까요."

아코와 둘이서 사양하겠습니다, 하고 악기를 흔들었다. 흔들흔들 짤랑짤랑 밝은 소리가 들렸다.

"기왕 왔는데 아는 노래 정도는 부르라고."

"애니송하고 보컬로이드라면 그나마 알긴 하는데."

"보컬로이드라면 뭐…… 그래도 오늘 테마는 리얼충이니까…… 으음, 아슬아슬 안 돼!"

"그럼 아무것도 모른다고요오."

"둘이서 듀엣이라도 하는 게 어떠냐."

한발 먼저 입력용 리모컨을 든 마스터가 말했다.

"같이 부르라니, 뭘 부르는데?"

"남자가 바람을 피우는 노래가 있지 않나."

"바람기를 대범하게 보지 않으면 안 되는 건가요!"

"안 할 테니까 누명은 그만둬."

슬슬 만난 지 3년이 되어 간다.

"시간도 없으니까 오늘은 듣고 있을게."

"네. 이것저것 불러주세요."

"그럼 오늘은 됐어…… 너희들!"

"우리의 노래를 들어라!"

노래는 물론이고 춤까지 완벽하게 복사해서 해내는 세가와와 어마어마한 성량으로 부르는 마스터에게 압도당하면서, 은근히 즐겁게 방과 후 노래방을 만끽했다.

이런 식으로 이런저런 일을 하며 남는 시간은 문화제 준비.

즐거운 나날을 반복한 그 결과…….

††† ††† †††

"이제…… 틀렸어요……."

세세한 조절이 끝난 자기 의상을 슬쩍 책상에 놓은 아코가 중얼거렸다.

"이대로 가면 제가 죽어버려요. 저를…… 저를 게임 세계로 되돌려주세요……!"

"무슨 소리야. 아직 일이 남아있잖아!"

"무리에요. 이 이상은 노력할 수 없어요!"

머리에서 가발을 떼어낸 아코가 속에 쓰고 있던 그물을 잡아당겼다.

"무리라는 건 거짓말쟁이의 말이야! 너는 아직 할 수 있어!"

"블랙 부활동은 싫어요~!"

눌려있던 긴 머리털을 펼친 아코가 책상에 엎어졌다.

이건 한계인가…… 열심히 했었지, 아코.

하지만 이건 부활동 작업에 지친 게 아니라.

"슈 선생님…… 온라인 게임을…… 온라인 게임을 하고 싶어요……."

"안 돼. 아직 우리의 리얼충은 끝나지 않았어! 인싸가 되겠다는 꿈은 어떻게 된 거야!"

"그런 꿈은 없다고요! 오히려 매일 LA하는 꿈을 꿔요!"

"꿈 정도로 그러지 마. 꿈속에서 온라인 게임을 하던 건 전부터 그렇잖아."

"환청도 들리거든요? 복도 저편에서 포와링이 뛰는 소리가 들려요!"

"기, 기분 탓이야 기분 탓!"

"궁지에 몰려있네."

"흠. 아코 군에게 온라인 게임을 끊게 하면 이렇게 되는군."

마스터, 실험동물이 아니라고…….

"하지만…… 이러는 나도 레전더리 에이지에서 너무 오래 멀어져서 몸이 이변이 일어났다."

마스터가 얼굴 앞에 한 손을 들었다.

그 손은 뭔가 부르르 떨리고 있었다.

"이러고 있으면 손이 떨려서 견딜 수가 없으니, 적어도 마우스만이라도 잡고 싶다만."

"큰일이잖아!"

"이해해요! 금단증상은 이런 걸 말하는 거죠?"

아아, 정말. 우리 부의 멘탈이 엉망진창이야.

"다들 한심하잖아!"

세가와는 자기 자리에 앉아서 컴퓨터 버튼을 꾹 누르고 말했다.

"고작 며칠 만에 한계라니, 온라인 중독이라고 해도 반박할 수 없거든?"

마우스를 들고 딸칵딸칵 아이콘을 클릭해서 LA를 켠 뒤

어깨를 으쓱했다.

"모두 함께 온라인 게임 말고 다른 걸 하는 것도 꽤 즐거웠잖아? 아직 하고 싶은 것도 있고……."

"저기 이야기 도중인데, 세가와 씨?"

그거, 하고 화면을 가리키며 말했다.

"지금 로그인하려고 하는 거 아냐?"

"윽?!"

화면을 보고 굳은 세가와가 컴퓨터 전원을 꽉 눌렀다.

아니, 제대로 종료하지 않으면 망가지잖아?

"아, 아니거든. 지금 이건 무의식이거든?!"

"더 나쁘잖아!"

자각이 없는 게 더 중증이야!

"다들 병이 너무 심하잖아……."

"루시안은 괜찮아 보이네요."

"연륜이 다르니까."

나는 온라인 게임을 제일 오래 해왔으니까. 모두와는 다르다고. 핫핫핫.

"그래도 어제는 하룻밤 내내 LA의 게임 내 BGM을 들으면서 잤지만."

"그건 안 괜찮은 거 아닌가요!"

"아아, 그렇게 하고 싶지 않았던 뇌사 원킬 사냥도 지금이라면 하룻밤 내내 할 수 있을 것 같아. 가능해. 분명 가능하다고. 하고 싶어. 하게 해줘! 원킬하게 해달라고!"

"루시안!"

온라인 게임 하고 싶어! 로그인하고 싶어!

이거, 온라인 게임을 가장 오랫동안 해온 나한테 제일 버겁지 않아?

"세테 씨는 벌써 게임은 잊어버린 거 아닐까요?"

"아무것도 하지 않아도 괜찮으니까 로그인만 하고 싶어."

"진지한 표정! 목소리가 차가워!"

이렇게 차가운 아키야마는 처음 봤어!

"아키야마까지?!"

우와아아아, 다들 무리였다!

"이제 곧 나도 이렇게 되나요?"

뭐가 즐거운 건지 후타바는 두근두근하며 말했다.

온라인 게임 충동을 참는 건 정말로 괴롭다.

"미캉도 참고 있는 건가요?"

"타이핑 연습 프로그램 같은 거 하는데요."

"고, 공부 열심히 하네요."

여전히 키보드를 보지 않으면 타이핑할 수 없는 아코가 굳어진 미소로 말했다.

오히려 아코가 연습해야 하지 않을까?

"아…… 로그인하고 싶어…… 슬리퍼 선생 잡고 싶어……."

"릴리스…… 부스트 원킬…… 쏟아붓는 대마법……."

"채팅하고 싶어요…… 왜 현실은 감정 표현이 없는 건가요……."

"공간이 흐리멍덩해지니까 그만두라고!"

그치만 이제 무리야! LA 하자니까!

"슈한테서 도망치려면 새 계정을 만들 수밖에……."

"그럴 수밖에 없나……."

"그렇게까지 할 정도야?!"

"적어도 컴퓨터는 켤 수 없겠나? 저 낮은 구동음을 듣고 싶다……."

"마스터까지! LA와의 관계를 재조정하는 거 아니었어?!"

"……필수 영양소 같은 것, 이었던 거다……."

"그 결론은 이상하잖아?! 어디까지나 취미잖아?!"

아아, 다들 한계까지 몰렸다.

"마, 맞다! 내일은 휴일이니까, 다들 놀러 가자! 응? 리얼충으로 가는 길, 최종 단계야!"

"쉬는 날이니까 게임해요오."

"수험 공부의 스트레스를 몰이사냥으로 발산하고 싶다만."

"슬슬 렙업으로 돌아가지 않으면 이번 달 할당량이……."

"그렇게 말하지 말고 조금만 더 힘내자? 그러지 않으면 내 인생이 위험하잖아!"

"슈의 인생은 중요하지만…… 온라인 게임도 하고 싶어요……."

"내 인생의 중요도가 너무 낮은 거 아냐?!"

아코가 이렇게나 노력해왔다는 걸 고려하면 오히려 중요도가 높다고 생각하는데!

하지만 그것도 한계가 오고 말았다.

"아, 아무튼 내일은 밖에서 놀자! 리얼충이 되겠다고 결심한 첫 휴일이니까! 열한 시에 역 앞에서 집합이야!"

그렇게 말한 세가와에게 동의하는 멤버는 없었다.

다음 날, 토요일.

집합 장소에 모인 것은—.

"……아무도 안 오네……."

"어떻게 된 거야!"

나와 세가와 둘뿐이었다.

다른 모두는? 직전 캔슬?!

"왜 우리뿐인데?! 이상하지 않아?!"

"네 명이나 직전 캔슬이라니 깜짝 놀랐네."

몇 명은, 특히 아코는 도망칠 거라고 생각했지만 설마 전원이라니.

"나나코한테는 연락이 왔었어. 도저히 못 갈 것 같다고."

"그건 어쩔 수 없지."

언제나 이곳저곳 돌아다니는 아키야마다.

집안일도 있을 테니까, 오지 못한다면 어쩔 수 없다.

"나머지는?"

"미캉은, 너희 여동생이 하고 싶다고 해서 게임한대."

"아~, 미즈키는 부원이 아니니까."

같은 학년, 같은 반에서 지내는 사이다. 안 된다고 하는 건 미안하다.

"그럼 아코와 마스터는……."

"이걸 봐봐."

세가와가 휴대전화를 내밀었다.

그곳에는 두 명의 채팅.

【아코】 저는 하루 종일 컴퓨터 앞에서 움직이지 않기로 했어요!

【애플리코트】 아아, 마우스를 잡고 있기만 해도 스트레스가 풀린다…….

틀렸어, 이 녀석들! 벌써 온라인 게임을 재개했잖아!

"그냥 억지로 데리러 갈까?"

"그렇게 말해보니까, 이러더라."

【아카네】 너희들. 억지로 끄집어낼 거야.

【아코】 그럼 저희도 저항할 거예요.

【애플리코트】 주먹으로 말이지!

"……포기할까."

"잘 참은 편이니까……."

세가와 본인도 지친 모습이었다.

온라인 게임 폐인인 우리가 한동안 참은 것만으로도 대단한 일이니까.

“그나저나, 니시무라가 오지 않았다면 오프 모임 0명의 전설을 만들 뻔했어…….”

“온다고 말한 사람이 오지 않을 수는 없잖아.”

딱히 권유한 사람이 잘못한 것도 아닌데.

그래도 우리 둘밖에 없으면 조금 곤란하네.

“어쩔래? 돌아가?”

“뭐? 왜 돌아가는데.”

“아니, 우리만으로 어쩔 건데.”

“딱히 둘이라도 상관없잖아?”

세가와는 순박하게 의아하다는 듯이 나를 바라봤다.

나를 올려다보는 눈동자에는 신뢰밖에 깃들어있지 않아서, 둘이서 노는 건 데이트 아냐? 라고 말하기 힘들었다.

“애초에 남자와 둘이서 외출이라니, 그야말로 리얼충. 오타쿠는 할 수 없는 행위잖아.”

“그건 오타쿠를 너무 얕잡아보는 것 같은데!”

“어, 오타쿠도 데이트…… 해……?”

“……안 하지.”

적어도 나는 아코와 만나기 전까지 해본 적이 없다.

“뭐, 니시무라가 싫다면 돌아가겠지만.”

“그렇지는 않, 은데.”

돌아간다고 하면 노골적으로 침울해할 것 같은 분위기니까.

리얼충처럼 한다는 걸 의식하고 있는지 평소보다 기합을 넣은 복장을 입고 온 세가와를 이대로 집에 돌려보내는 건 너무하기도 하고…….

그리고 나는 세가와한테 할 말이 있었다.

가능하면 잠시 놀다 돌아가고 싶지만…… 둘이서 외출하는 경우, 어느 불안 요소가…….

"일단 아코한테 물어볼까."

"그건 중요하네."

신부의 허가를 받지 않으면 뒷일이 무섭습니다.

【니시무라】 아코. 나랑 세가와밖에 없으니까 둘이서 외출한다.

【아카네】 적당히 놀다 올게.

【아코】 에에에에엑?!

【아코】 그거 데이트잖아요!

【니시무라】 네 명이나 직전 캔슬하고 남은 둘이서 노는 걸 데이트라고 할 수 있을까.

【아카네】 이건 분명 다른 무언가라고 생각하는데.

【니시무라】 아코가 싫다면 돌아가고.

【아코】 우우우…… 싫은 건…….

아코의 입력이 느려지는 걸 보니까, 화면 너머에서 고민하는 느낌이 전해졌다.

【아코】 슈니까, 걱정할 필요는…… 그래도 단둘이라니…….

【아코】 오히려 제가 가지 않은 탓에 루시안이 책임감을 느끼고 있는 거니까…….

【아코】 그래도 단둘…… 단둘…… 우우우우.

엄청 고민하고 있다.

"고민하고 있네."

"나, 신용이 없는 건가……?"

"나의 신용이 없는 거 아니야?"

"……아코가 자기 자신을 신용하지 않는다는 설도 있어."

"너랑 똑같네."

부부는 닮는 법이니까.

【니시무라】 고민할 정도라면 그만둘게.

【아코】 그러면 일부러 나간 두 사람한테 미안하잖아요!

【니시무라】 그럼 아코도 오면 될 텐데.

【아코】 전원이 다 안 올 줄은 몰랐단 말이에요.

그건 확실히 나도 동감이야!

【아카네】 어차피 아무 일 없으니까 괜찮아. 적당히 시간 때우다가 돌아갈게.

【아코】 우우…… 믿고 있으니까요! 믿고 있으니까요~!

"노골적으로 안 믿고 있다는 말투!"

"자업자득이야. 조금은 걱정하게 두자."

세가와는 어깨를 으쓱하고 가방을 다시 멨다.

"그럼 사모님의 허가도 받았으니까, 가보자."

"누가 누구의 사모님이야."

"그래그래, 결혼 안 했지 결혼 안 했어."

"대충 흘려버리지 말라고!"

둘이서 말다툼을 하면서 아지랑이가 남아있는 아스팔트를 걸었다.

둘이서 향한 곳은 커다란 상업 시설.

몇 번 갔던 아울렛 정도는 아니지만 그럭저럭 커다란 복합 상점이었다.

역에서 가깝고 고급 가게도 거의 없다. 굳이 따지자면 서민적인 곳이다.

"리얼충치고는 수수한 초이스네."

"너랑 가는데 기합을 넣어봤자 소용없잖아."

말과는 대조적으로 옆을 걷는 세가와는 은근히 기분이 좋아 보였다.

같이 걸어가면서 깨달은 건데, 아무래도 아코보다 보폭이 작아서 꽤 천천히 걷지 않으면 앞서나가게 된다.

알고 지낸 지는 오래됐지만 걷는 타이밍조차 몰랐었나.

"일단 둘러볼래? 방학 이후에는 오랜만에 와서 이것저것 보고 싶은 게 있거든."

"윈도우 쇼핑 같은 건가…… 처음이네……."

"왜 처음 보는 마법 같은 분위기를 내는데?"

"실제로 처음이야."

"아코랑은 이런 걸 안 했어?"

"나와 아코라면 최단거리로 노리는 것만 사고 돌아가거든?"

효율을 추구한달까, 비효율을 배제한달까, 점원이 무섭달까.

"그럼 내가 윈도우 쇼핑이라는 게 무엇인지 너한테 가르쳐 줘야겠네."

"잘 부탁드립니다."

그리고, 그 첫걸음은—.

"그럼, 눈에 들어온 가게부터 전부 보자."

"……효율이고 뭐고 없네."

함께 뚜벅뚜벅 가게 안을 걸었다.

마네킹을 힐끔 보거나, 가끔 상품 가격을 보며 인상을 찌푸리거나.

가게 하나하나에는 많은 시간을 들이지 않고 그 자리의 분위기를 즐긴다는 느낌이었다.

내가 있으니까 가게 안으로는 거의 들어가지 않는 것 같았다. 배려 감사드립니다.

"음…… 이거, 꽤 좋을지도?"

문득 전면 디스플레이에 나온 원피스를 본 세가와가 발을 멈췄다.

"어울리지 않나? 잘 모르겠지만."

"그~야 어울리겠지. 사실 나, 뭐든 잘 어울리거든!"

세가와는 호호호 웃고 가슴을 폈다.

"그러니까 엄선해야지! 어울리는 옷을 전부 사면 돈이 아무리 많아도 부족하니까."

"……정말로 뭐든 어울려?"

"…………."

잠깐 물어보자, 세가와는 슬쩍 눈을 돌렸다.

"……명백하게 나를 타깃으로 하지 않은 사이즈의 옷들이, 꽤 많아."

"솔직하네."

"그치만 사이즈 좀 보라고! 이게 뭐가 S라는 거야, 너무 크잖아!"

작은 사람에게도 나름 고충이 있는 모양이다. 평범한 고등학생보다 체구가 작으니까.

"아코라면 좋겠네. 저기 있는 마네킹이 입은 옷을 그대로 사도 귀여울 거야."

"너무 화려해서 싫다고 말할 것 같아."

"좀 더 화려한 걸 골라도 된다고 생각하는데."

다시 둘이서 나란히 걸었다.

본인의 성격 탓인지 시간을 질질 끌려고 하지 않기 때문에 나도 질리지 않고 어울려줄 수 있었다.

이런 면에선 역시 마음이 잘 맞는다.

"내 취향으로만 보고 있는데, 너는 가고 싶은 곳 없어?"

게다가 조금 질리다 싶을 즈음에 이렇게 물어봐 주기도 하니까.

으음. 내가 가고 싶은 곳이라.

"일단 들르고 싶은 곳은 있어."

"그럼 먼저 거기로 가자. 어디야?"

"전자 상점이나 게임 상점."

"……분위기를 생각하라고."

나와 세가와에게 무슨 분위기가 있다는 거야.

입으로는 이러니저러니 하면서도 순순히 따라와 주는 게 슈바인의 좋은 점이다.

우리는 위층에 있는 커다란 가전제품 코너로 찾아왔다.

"이 분위기. 분하지만 차분해지네."

"패션 코너보다는 홈그라운드라는 느낌이 있어."

다른 층과 비교해서 확연히 서늘한 공기에, 들려오는 전자음.

녹아든다. 녹아든다고, 이 분위기!

"그래서. 뭘 보고 싶은데?"

"가~끔 집 회선이 끊길 때가 있거든. 라우터…… 아니 허브를 다시 살까 해서."

"인터넷에서 사면 되잖아."

"거실에 놔둘 거니까 사이즈를 모르면 혼난다고."

"아하~앙."

세가와는 그렇구나, 하고 끄덕였다.

고양이처럼 두리번거리는 그녀를 데리고 가전제품 코너 안쪽으로 향했다.

라우터, 허브가 있는 곳은 바로 찾았는데 상품이 생각보다 많았다.

"패키지만으로는 모르잖아. 리뷰도 표시해줘야지."

"이 상품은 ☆1입니다, 라고 적으면 아무도 안 사잖아."

지당한 말씀입니다.

"으음. 나도 회선은 조금 고민거리였어."

세가와가 나란히 진열된 라우터를 보면서 말했다.

"지금은 유선으로 연결하고 있지만, 거실에서 내 방까지는 조금 거리가 있거든. 최근의 무선랜은 꽤 성능이 좋잖아? 기다란 유선 케이블하고 비교하면 어떤 게 빠른가 해서."

"아파트 인터넷이라는 시점에서 속도는 미루어 짐작할 수 있을 텐데."

"큭. 단독주택 인터넷이라고 여유 부리기는."

훗훗훗. 아파트 인터넷과 단독주택 인터넷은 하늘과 땅 차이가 있다고.

"오히려 느리니까 조금이라도 빠르게 하고 싶은 거야."

"회선에 고집하는 이유는 알겠지만, 중요한 건 최고속도보다 안전성 아닐까? 다소 느리더라도 끊기지만 않으면 온라인 게임에는 지장 없으니까."

"뭐, 그렇지. 그런 의미에서 제일 바라는 건 UPS야."

"아~, 무정전 전원 장치라! 그건 갖고 싶지!"

정전되거나 차단기가 내려가서 전원에서 전기가 공급되지 않을 때, 자동으로 송전을 담당해줘서 컴퓨터를 종료할 때까지의 시간을 벌어주는 게 UPS, 무정전 전원 장치다.

전원에 직결해두면 번개로 망가지기도 하니까, 언젠가는 갖고 싶은 아이템이란 말이지.

"내 방의 차단기는 거실하고 똑같으니까 전자레인지나 에어컨하고 동시에 틀면 차단기가 내려가거든."

"그건 좀 더 전류가 강해야 하는 게 아닐까?"

"내가 바하무트를 쓰지 않으면 안 내려가니까, 너무 불만을 가질 수도 없고……."

"그럼 UPS를 갖고 싶겠네……."

가능하면 라우터하고도 연결해서 차단기가 올라갈 때까지 회선과 컴퓨터를 유지하고 싶다.

"싼 걸 팔지 않을까? 아무리 그래도 전자제품 상점에는 없나."

"……저기, 잠깐 기다려봐."

세가와가 스톱스톱 하고 내게 손바닥을 내밀었다.

"이거 절대 리얼충의 대화가 아니잖아."

"……확실히."

아무리 봐도 컴퓨터를 좋아하는 오타쿠의 대화였습니다.

그런데 반대로 생각하면—.

"어떤 대화를 해야 리얼충인데?"

"…………."

턱에 손을 대고 고민하던 세가와는 부자연스럽게 활짝 웃으며 말했다.

"저기, 히데키~? 우리가 같이 살게 되면 어느 냉장고 살래~?"

"밥맛!"

"누가 밥맛이야 누가! 너한테 그런 말 들으면 더 상처받거든!"

"왜 내가 말하면 쇼크인데!"

밥맛 떨어지는 녀석한테 밥맛 소리를 들었다는 거냐, 이 자식.

"여기서는 무슨 이야기를 해도 리얼충 같지 않으니까, 이동하자고."

"찬성~. 다음 장소로 가자."

그렇게 말하며 찾아온 곳은…….

"여기로 이동하면 안 되잖아!"

"어, 흥미 없어?"

"있긴 하지만!"

휴일이라 아이와 가족 동반 손님이 잔뜩 넘쳐나는 장난감 가게가 있는 층이었다.

"대인기네."

"말해두는데, 게임은 금지거든?"

"알고 있어 알고 있어."

보러 온 곳은 게임 가게가 아니라, 옆에 부설된 다른 가게였다.

조금 안쪽에 있는 그 가게는 모형 피규어와 함께 대량의 총기를 진열해 놨다.

"여기는 에어건이 꽤 많이 있다고 들었거든."

"아, 진짜다. 아는 총이 잔뜩 있네."

전에 서바이벌 게임을 했을 때부터 조금 흥미가 있었다.

쇼 윈도우에 진열된 대량의 에어건, 모델건은 게임이나 애니에서 본 것들이 몇 종류 있었다.

"이것도 분명 써본 적이 있었지?"

"멀리서 봐도 AK는 알겠어……."

겉보기로도 알 수 있는 돌격소총이 있고―.

"아, 저쪽은 기관단총이다."

"순간 화력은 이쪽이지."

게임에서 많이 써봤던 기관단총 같은 것도 있었다.

으~음. 쏴보고 싶네.

"아, 우지! 우지 있어!"

"유감이네. 나는 MP5파야."

"하아. 변함없이 무난한 것밖에 안 고르네."

세가와가 재미없어 재미없어, 하고 어이없다는 듯이 말했다.

뭐야? 전쟁이냐?

"니, MP5는 희대의 명기거든? 그보다 무난하다는 건 총에게는 최고의 칭찬이잖아!"

"총에 필요한 건 로망이잖아. 콜트 파이슨하고 콜트 거버먼트라면 파이슨을 고른다. 그런 거라고."

"어차피 나는 M82보다 VSS를 좋아하거든."

"M82는 대물 저격총이잖아— 아니 이게 아니고!"

흥겹게 이야기하던 세가와가 황급히 입에 손을 댔다.

"그러니까 이건 오타쿠의, 그것도 명백하게 코어 오타쿠의 대화잖아!"

"엄청 즐겁게 이야기했잖아."

"즐겁냐 즐겁지 않냐랑 오타쿠 같은 건 별개의 문제라고."

그건 우리에게는 오타쿠 같은 게 즐겁다는 뜻이 아닐까.

"그럼 무슨 화제가 리얼충 같은데?"

"이 자리에 있는 시점에서 이미 늦은 것 같지만…… 억지로 생각한다면."

으~음, 하고 고개를 꺾은 뒤에 내 얼굴을 보더니—.

"히데키. 바람피우면 쏴 죽여버릴 거야!"

"무섭잖아!"

에어건 파는 가게에서 말하지 말라고!

"그런데 무서운 발언이지만 아코보다는 멀쩡하네."

"이게 멀쩡하다니…… 걔라면 뭐라고 하는데?"

"바람피운 상대를 쏴 죽이고, 나한테는 아무 말도 안 해."

"……걔, 진짜 무섭네."

내가 아니라 남한테 위해를 가하는 것이 아코의 문제점이니까.

꽤 많은 시간을 돌아다녔기에 둘이서 점심을 먹기로 했다.

고른 곳은 근처에 있는 패스트푸드 가게다.

"점심에도 전혀 기합이 안 들어갔네……."

"고급스러운 이탈리아 음식점이라도 가고 싶었어?"

빈 테이블에 앉은 세가와가 히죽히죽 웃으며 말했다.

"그런 곳에 가는 편이 좋지 않나 싶긴 한데."

"네가 그렇게 애써봤자 밥맛이거든. 애초에 그런 걸 배려하지 않는 게 리얼충인 거야."

"언제나 가는데 기합을 넣을 리가 없나."

"그런 셈이지."

세가와는 말 그대로 딱히 부담스러워하지 않고 감자튀김을 입에 쏙 넣었다.

"……혼잡하네~."

"아무데도 안 비어있네~."

그때, 2인조 여자아이가 자리를 찾는 게 눈에 들어왔다.

휴일이라 붐비고 있으니까. 우리도 우연히 비어있지 않았다면 밖에서 먹었을 거다.

"앗."

"……어?"

자리를 찾던 여자아이가 이쪽을 보고 놀랐다.

"아카네, 왔었어?"

"뭐야 이거, 우연이네~?"

"카오? 아, 윳키. 야호."

아, 이 두 사람은 그래도 기억한다. 타카사키의 여친인 카오와, 윳키♥라는 아이디를 쓰던 마에카와. 온라인 게임부 체험을 하러 왔던 두 사람이다. 평범하게 친하구나.

"윳키랑 둘이서 온 거야?"

"응응."

"우리 엄청 컴퓨터 같은 거 보러 갔었거든."

"오타쿠 느낌 나네~."

셋이서 그런 대화를 나눴다.

"그런데 아카네는 누구랑 같이—."

마에카와가 그렇게 말하고 내 얼굴을 봤다.

"……어, 아카네. 이거 위험하지 않아~?"

"니시무라는 위험하잖아. 아코가 분명 화낼 거야!"

그러더니 카오와 같이 둘이서 초조해하기 시작했다.

아, 혹시 위험한 착각을 하고 있지 않나요?
"무슨 착각을 하고 있는지는 대충 알겠지만……."
세가와는 한숨을 내쉬었다.
"이거, 아코 쪽에서 직전 캔슬해서 니시무라만 데리고 다니는 거야."
"뭐, 아코한테는 연락했으니까."
"부인 공인? 뭐~야."
"깜짝 놀랐네~."
"……."
이런 대접이라니. 앞으로는 잘못되더라도 바람피울 수는 없겠다는 생각이 조금 들었다.
그럴 생각은 조금도 없지만…….
"아, 저기 비었어!"
"정말이다! 그럼 학교에서 봐~."
"데이트 열심히 해~."
"그래그래."
활기차게 이동하는 두 사람을 배웅한 세가와가 피곤한 목소리로 말했다.
"뭐야? 내가 아코한테서 사랑을 약탈할 타입처럼 보여?"
"안 보이고, 나도 그렇게 인기 많은 타입은 아니야."
"그건 그렇지. 잘 이해하고 있네."
"그건 빈말이라도 부정해줘."

내가 말한 거라 좀 그렇지만 바로 동의하면 상처받는다고!

"그보다, 왠지 여기 없는 아코 이야기만 하고 있네."

"그 정도로 너랑 아코는 세트 취급을 받고 있다는 거잖아."

"나만 있으면 인상이 흐릿하니까, 캐릭터가 진한 아코와 같이 기억하고 있는 거 아닌가?"

"그것도 있고. 너는 수수하니까."

"수수함을 세일즈 포인트 삼아 살고 있으니까 괜찮아."

"매출이 별로 안 나오잖아~."

괜찮다고. 딱히 타인한테 잔뜩 팔아치울 생각은 없으니까.

"사주는 사람이 한 명은 있으니까 괜찮아."

"그래그래, 행복하게 살아."

우롱차를 쪼옥 빨아들인 세가와의 눈동자가 장난스럽게 빛났다.

"행복하게 살아, 라고 말한 김에 잠깐 묻고 싶은 게 있는데."

"응?"

세가와는 앞으로 살짝 몸을 내민 뒤 작은 목소리로 말했다.

"까놓고 말해서 아코랑은 어디까지 갔어?"

"푸흡?!"

너 대체 무슨 소리를 하는 거야!

무심코 콜라를 뿜어버릴 뻔했잖아!

"어디까지라니 너!"

"연애 토크 같은 건 인싸의 정석이기도 하고, 나를 상대로 숨길 필요는 없잖아!"

"그렇긴 하지만!"

평소에는 신경도 안 쓰면서 이럴 때 묻는 거냐!

그리고 말 나와서 말인데.

"딱히 아무 일도 없어. 세가와가 아는 것밖에 없다고."

"에이, 키스에서 끝~?"

어이없어하면서도 조금은 기뻐 보이는 말투였다.

"왜 거기서 멈춘 거야? 겁먹었어?"

"겁먹었어!"

무슨 문제 있냐 이 자식아!

나도 여러모로 곤란하다고!

"나도, 나도…… 큭…… 너처럼 그릇이 넓은 녀석은 모른다고……."

"무슨 일 있어? 말해봐."

"딱히 말해봤자 기분 좋은 이야기는 아닌데."

"괜찮아. 네 이야기를 듣고 싶거든."

왠지 묘하게 부드러운 말투였다.

저도 모르게 들어달라고 말하고 싶어진다.

"아니, 그게 말이지."

한심한 이야기라고. 정말로…….

가급적 세가와와 눈을 마주치지 않게 조심하면서 더듬더듬 말했다.

“말할 것도 없지만, 아코는 귀엽잖아.”

“외모야 은근히 그렇지.”

내가 보기에는 은근히 수준이 아니라서 나랑 전혀 어울리지 않는다고.

“그래서 언제나 불안해. 초 꽃미남 인싸 스포츠맨 같은 사람한테 아코를 빼앗기지 않을까 하고.”

아니, 불안하다는 수준이 아닌가.

“언젠가 그렇게 될 게 틀림없다고 생각하게 되는 레벨이야.”

“체육계 꽃미남이라니, 아코가 엄청 싫어하는 타입이잖아.”

“어디까지나 예시야!”

고스펙인 녀석이라는 뜻이야!

“내 정신 레벨이라면, 이 이상 아코에게 의존했다가 배신당해버리면 마음이 죽을 거야.”

“좀 더 믿어주라고.”

“아코는 믿고 있지만, 나를 믿을 수가 없어.”

“너희는 정말로 닮았네.”

마스터와 세가와의 절반이라도 좋으니까 자신감이 있으면 좋겠다고 진심으로 바란다.

하지만 자신감만 있어봤자 의미가 없단 말이지. 애초에 스펙이 부족하니까 자신감이 없는 거고…….

“그러니까, 이 이상 아코에게 깊이 파고드는 건 솔직히 무서워.”

"겁쟁이라니까."

"내가 생각해도 겁이 많지만…… 그래도, 해결책은 있어."

"어쩔 건데?"

"진짜로 결혼하는 거."

"뭐?!"

세가와는 어안이 벙벙한 모양이다.

그렇게 놀랄 건 없잖아. 평소에는 결혼하지 않았다고 말하고 있지만, 딱히 장래에 하지 않겠다는 뜻은 아니야.

"연령상 결혼은 무리니까, 약혼? 그것도 구두 약속 같은 셈이겠지만…… 일단 제대로 동의를 하면 이상한 남자를 배제할 대의명분이 되지 않을까 해서."

"……그야 약혼하면 남자가 노리기 힘들어지지."

세가와는 흐~음, 하고 복잡한 표정을 지은 뒤 시선을 창밖으로 돌렸다.

"아코가 없어지는 게 죽을 만큼 싫다면, 그것도 좋지 않을까? 아코는 좋아할걸?"

"간단히 말하지 마. 내 평생이 걸린 문제야."

우리는 아직 17세인데.

"이런 타이밍에 장래가 정해지는 건 너무 버겁잖아. 게다가 상대는 아코니까."

장래의 꿈은 전업주부라고 거리낌 없이 말하는 그 아코다.

앞으로 계속 부양할 각오도 없이 약속하는 건 조금 무섭다.

"까놓고 말해서, 지금의 내게는 짐이 무거워……."

"능력이 없네~."

현실적이라고 말해줬으면 좋겠습니다.

"뭐, 너는 게임에서도 그런 타입이니까."

세가와는 못 말리겠다는 듯이 어깨를 으쓱했다.

"그럼 포기하고 아코 마음대로 하게 해주지 그래?"

"그러다 아코를 누군가에게 빼앗기면 죽잖아!"

"무한 루프하고 있네."

"그러니까 아무것도 못한다고! 외통수란 말이야!"

원래는 올여름에 어른의 계단을 올라갔을지도 모르는데!

"타인의 행동을 속박하려면 책임감이 필요하잖아. 나는 그럴 용기도 그릇도 없어……."

"한심하기는~."

"웃을 테면 웃어!"

"웃지는 않아. 적당히 지껄이는 남자보다는 낫고, 그쪽이 너답잖아."

세가와는 입가를 조금 풀면서 뭔가를 떠올리듯이 허공으로 시선을 옮겼다.

"뭐, 그렇게 제대로 생각하고 있다면, 그때 말했던 건 정정할까?"

"정정? 뭘?"

"첫 오프 모임 뒤에 말했었잖아. 직결충이라고."

"들었지……."

벌써 키스도 해버렸으니 부정할 수는 없지만…….

아니, 이렇게나 시간을 들였으니까 직결은 아니지 않나? 그건 부정해도 되겠지?

"나는 직결이 아니……겠지?"

"응. 아니야. 너는, 직결 실패충이야!"

"랭크가 내려갔잖아!"

직결 실패충이 뭔데! 하려고 했는데 안 된 한심한 녀석 같잖아!

"어, 내 안에서는 직결충보다 나은 취급인데."

"네 기준을 모르겠어!"

직결충이 더 낫다고!

"아아, 정말. 왜 세가와한테 상담한 건지."

"재미있었어."

세가와는 키득키득 웃었다.

사람의 한심한 이야기를 듣고 즐기기는…….

"……있잖아. 니시무라."

그때, 세가와는 즐거운 미소와 함께 나를 바라보더니.

"그렇게 아코를 좋아하는데— 왜 오늘은 나한테 어울려준 거야?"

그렇게 물었다.

"어울려줬다니…… 왜 자신을 낮춰서 말하는 거야?"

Brave

안 어울리잖아.

리얼충을 가르쳐주기 위해 마지못해 데리고 다녔다, 그런 느낌이면 될 텐데.

“지금은 잘난 척할 기분이 아니야.”

그녀는 슬쩍 흘려버리고는 양이 적어진 종이컵을 휙휙 흔들었다.

“평소의 니시무라라면, 아코 빼고 나랑 단둘이 있는 건 거절했을 거 아냐?”

“……뭐, 그럴지도.”

아코는 허가를 내렸지만 분명 좋은 기분은 아닐 거다.

그렇게 생각하면 다른 여자아이와 둘이서 나가려는 생각은 들지 않았겠지.

“……세가와와 둘이서 외출한 적은 없었으니까.”

“같이 돌아간 적은 있었지만.”

“용케 기억하네.”

아니, 나도 기억하고 있었다.

“그래서, 어째서야?”

“……그렇게 복잡한 이유는 없어. 조금 마음에 걸리는 게 있었으니까.”

“흐응?”

마음에 걸리는 게 뭔데? 라고 시선이 재촉했기에, 조심조심 말했다.

"그야, 그게. 그거지."

말하기 힘들지만, 이것만큼은 물어봐야 한다.

내가 가장 확인하고 싶은 것. 아코가 조금 걱정하더라도, 집에서 오랜만에 온라인 게임을 하고 싶다는 욕망을 참아가면서 이곳에 온 이유.

그건, 매우 단순한 질문이었다.

"세가와…… 진짜로 은퇴하지는 않을 거지?"

이 대답만큼은 꼭 듣고 싶었다.

"…………."

세가와는 잠시 침묵한 뒤—.

"……푯."

뿜어버렸다!

웃을 일이 아니잖아?! 나는 진지하거든?!

"너, 너…… 그런 걸 신경 써서…… 일부러 아코한테 그런 말까지 해가며…… 우푸풉……."

"뭐야. 나는 일단 걱정하고 있다고."

은퇴한다고 말한 녀석은 어차피 돌아온다고 말하긴 했지만, 실제로 돌아오지 않았던 녀석도 있으니까.

구체적인 예를 들자면 고양이공주 씨가 그렇다.

그 사람은 확실히 인사를 나눈 뒤에 그만두고 문자 그대로 돌아오지 않았던 사람이다.

그런 일이 있었던 내게도 확실히 메시지를 보냈었다고 한다. 수신 거부해서 받지 못했지만…….

물론 지금은 돌아왔지만 우연히 나와 아코의 대화를 듣지 않았다면 여전히 은퇴했을 거다.

그런 사례가 있으니까.

"서브 마스터로서, 파트너로서, 신경 쓰는 건 당연하지."

"그래그래, 고마워."

너무 웃어서 눈물까지 닦고 있었다.

"그렇게 웃을 건 없잖아!"

"미안미안."

세가와는 웃으며 간단하게 입을 열었다.

"게임. 그만둘 수 있다면 그만두고 싶네!"

"잠깐, 어이!"

그만두고 싶어?! 온라인 게임 계속하는 게 싫어?!

"어, 그렇게 억지로 LA를 하고 있었다면 그만두더라도…… 하지만, 에에엑?!"

"아니야 아니야. 즐겁거든? 엄청 즐겁지만."

지금까지 즐겁지 않았어?! 라고 하는 것 같아서 당황했으나 그런 건 아닌 모양이다.

세가와의 목소리에 아주 약간 씁쓸함이 실렸다.

"필사적으로 온라인 게임을 하는 것보다, 친구와 알맹이 없는 이야기를 하고, 멍하니 TV를 보고, 잡지를 읽고, 사랑을 하는 게 즐겁다. 그렇게 생각하면서 행복한 마음으로 후회 없이 온라인 게임을 그만둘 수 있다면 좋을 텐데~."

"하긴……."

이해할 수 있었다.

온라인 게임은 무척 즐거워서 도저히 그만둘 수 없을 것 같다.

거기서 생긴 동료는 소중하고 대신할 수 없는 존재다.

분명 평생의 인연이라고 생각한다.

지금까지 온라인 게임에 시간을 소비한 것에는 아무런 후회도 없다.

하지만, 그래도…….

"이상적인 니시무라 히데키라는 걸 상상해보면…… 분명, 인생을 걸면서까지 온라인 게임을 하지는 않았을 것 같아."

"아, 이해해? 그런 거라니까."

마지막 감자튀김을 입에 쏙 넣은 세가와는 손을 탁탁 털었다.

"내 경우에는, 오타쿠라는 게 들키지 않는다면 그렇게까지 이상과 틀어진 건 아니긴 해."

"그건 좋은 일이잖아."

"좀 더 키가 크고, 스타일이 좋았으면 더 나았겠지만."

"불만은 있구나."

"있지만, 이건 이것대로 상관없어."

불만은 있어도 싫지는 않은 모양이다.

타인에게 심한 질투를 하지 않는 게 세가와의 좋은 점이다.

하지만 그렇게까지 숨기고 싶은 건가?

"……온라인 게임을 하는 걸, 그렇게 말하기 싫어? 오늘부터 조금 오타쿠 같은 세가와 아카네로 사는 것도 나쁘지 않을 것 같은데. 나도 아코도 마스터도, 그런 세가와를 싫어하지는 않잖아?"

"고마워. 뭐, 나도 그런 생각이 안 드는 건 아니지만."

그렇게 말한 세가와의 눈가에 약간 눈물이 고였다.

"아무리 그래도 슈바인을 들키는 건 무리잖아."

"그건 그렇죠!"

지당한 말씀입니다!

본인도 직접 말했었다. 오타쿠 커밍아웃은 참을 수 있어도 슈바인 커밍아웃은 무리라고…….

이 타이밍에서 오타쿠에다 온라인 게임을 한다는 게 들켜버리면, 확실히 슈바인 님이라고 생각하게 되니까.

"지금은 오타쿠가 아니라고 주장할 수밖에 없나……."

"이렇게 되면 자신을 위장할 수밖에 없어."

세가와는 그래도, 하고 조금 표정을 풀었다.

"오타쿠를 혐오하는 캐릭터는 좀 지나치긴 했어."

"그건 반성을 촉구하고 싶네."

상처받은 내가 있으니까.

"뭐, 모두가 있어서 다행이야. 연기할 때 무슨 소리를 하건, 모두의 앞에서는 원래 그대로의 나니까. 그런 상대가 없었다면 어딘가에서 무너졌을 거야."

"도움이 되어서 영광이군요."

"영광으로 생각하라고."

그녀는 흐흥, 하고 웃었다.

조금 기운이 돌아온 것 같았다.

아무튼 걱정거리는 하나 없어졌다.

숨은 오타쿠인 폐인 온라인 게이머 넷나베 여고생, 이런 업보 깊은 삶을 선택한 거다. 그야 이것저것 고민거리가 많겠지.

그래도 온라인 게임은 즐거워서, 그만둘 수 있으면 좋겠지만 역시 그만두자는 생각은 들지 않는 모양이다.

그럼 분명 괜찮을 거다.

"……있잖아, 니시무라."

마음을 놓고 있는데 책상 밑에서 세가와가 내 신발을 걷어찼다.

그대로 다가와서 다리를 나란히 세우고 내 얼굴을 똑바로 바라보며 물었다.

"오늘, 즐거웠어?"

"응."

그야 물론. 즉답할 정도였다. 말할 필요도 없지.

"어슬렁어슬렁 돌아다녔을 뿐이지만 전혀 지겹지 않았고,

그보다 아직 부족할 정도인데."

아코와 단둘이서 외출했을 때와는 전혀 다른 느낌으로 무척 즐거웠다.

"뭐랄까, 역시 너는 파트너야."

"……그래. 그럼 다행이네."

세가와는 미소를 지은 뒤 다리를 스윽 뺐다.

"나도 그럭저럭 즐거웠어."

"그럭저럭이냐."

"내키면 또 데리고 다녀줄게."

아까는 왜 자기한테 어울려줬냐고 물었던 주제에…….

기운을 차리니까 원래대로 돌아갔네, 이 녀석.

"……그런데, 왠지 다 끝난 것 같은 말투지만, 아직 낮이거든?"

"이후에도 잠깐 가고 싶은 곳은 있지만…… 데이트는 이제 끝이야."

포장지를 확 끌어모으고 옆으로 시선을 보냈다.

나도 그쪽으로 시선을 돌리자 조금 떨어진 유리창 너머, 가게 밖에 누군가가 있었다.

"루시아안…… 슈우……."

"우와아아아악?!"

원망스러운 표정으로 이쪽을 빤히 바라보는 아코가 거기 있었다!

"저 녀석 왜 있는 거야?!"

"빨리 들어오면 될 텐데."

세가와는 유리창 너머로 손짓했고 아코는 겨우 가게 안으로 들어왔다.

"겨우 찾았어요오오오오."

"여기 있다고 말했잖아."

"거의 안 오는 곳이라서 헤맸다고요."

아, 그런 거였나.

"계속 아코랑 연락했었어?"

"그야 그렇지. 나는 친구를 배신하는 여자가 아니야."

변함없이 사나이다운 녀석이네.

"그러니까 슈를 좋아해요."

아코는 에헤헤헤헤, 하고 웃으며 한심한 표정으로 배를 눌렀다.

"배가 고프니까 잠깐 사러 가도 되나요?"

"그래그래. 갔다 와."

"바로 돌아올게요."

파닥파닥 카운터로 향하는 아코를 배웅했다.

뭐지. 아코가 오니까 갑자기 떠들썩해진 것 같다.

"……딱히 니시무라랑 단둘이 있는 게 불만인 건 아니었지만."

세가와는 나를 곁눈질하면서 후우, 하고 숨을 내쉬었다.

"역시 아코가 있는 게 차분해지네."

"……그러냐."

그거 유감이네, 라는 말도 역시 그렇지, 라는 말도 할 생각이 들지 않았다.

하지만 그것보다도 진심으로 생각한 게 있었다.

"아코만이 아니라, 마스터도 부르라고……."

그 사람 슬퍼한다니까.

"솔직히 마스터는 조금 더 공부에 힘써야 한다고 생각해."

"성적은 좋잖아?"

"그렇게 로그인하는데도 그 성적이라면 좀 더 위를 노릴 수 있잖아."

"스파르타네."

"평생을 좌우하니까 당연한 거야."

정론을 따르는 녀석은 온라인 게임 폐인 같은 건 안 된다고?

"오래 기다리셨죠~."

아코가 세트 메뉴가 올라간 쟁판을 들고 돌아왔다.

그대로 당연한 듯이 내 앞에 앉은 그녀를 보니 신기하게도 안심이 되었다.

응, 그래. 확실히 아코가 있으면 차분해지네.

"저기, 아코가 다 먹으면 가고 싶은 곳이 있는데."

"어딘데? 벌써 이곳저곳 봤잖아."

"그게…… 저기…… 인터넷 카페……."

"뭐?"

"후엣?"

은퇴하는 거 아니었어?

오타쿠 커밍아웃에다 슈바인이라는 것까지 들켜버리면 진짜로 끝장이니까 참는다고 했었잖아?

어리둥절한 우리 앞에서 세가와는 한 손을 들고 말했다.

"이제…… 램페를 쏘고 싶어서 손이 떨리고 있거든……."

"한계잖아!"

"아까부터, 뭐든 제쳐놓고 마음껏 온라인 게임을 하고 싶다는 생각이 들어……."

"진정해! 내던지지 마! 온라인 게임은 언제든지 할 수 있다고!"

"서둘러 먹을게요!"

오랜만에 로그인한 우리는 레전더리 에이지를 마음껏 즐겼다.

솔직히 말해서 리얼충 같은 행동보다, 세가와하고 단둘이서 외출하는 것보다, 오랜만에 하는 온라인 게임이 훨씬 즐거웠습니다.

◆슈바인 : 죄송합니다. 역시 은퇴하는 건 무리였습니다.

고개를 풀썩 숙인 슈가 말했다.

◆아코 : 솔직해서 좋네요!

◆애플리코트 : 음. 드디어 인정했구나.

◆루시안 : 모두 함께 평범하게 노는 것도 즐겁긴 했지만.

가끔은 노래방에 가서 모두 함께 노래를 부르는 것도 괜찮을 것 같다는 생각이 조금 들었다.

◆세테 : ……루시안하고 데이트해서, 만족했어?

◆슈바인 : 어어엉?

◆세테 : 미안미안아무것도아냐아무것도아냐! 지금은 내가 잘못했습니다!

세테 씨가 붕붕 고개를 내저었다.

◆아코 : 진심으로 사과하고 있네요.

◆루시안 : 진짜 지뢰를 밟았을 때의 사과네.

나와 외출한 게 그렇게 부끄러운 건가. 나는 꽤 즐거웠는데.

◆아코 : 아무튼 안심했어요.

◆애플리코트 : 음. 진심으로 은퇴한다면 어쩌나 했지.

◆슈바인 : 미안하다니까.

진심은 아니라고 생각했지만 그래도 역시 다들 걱정했다.

그래서 굳이 모두 함께 리얼충이 되자는 말에 어울려준 거다.

◆애플리코트 : 그런데 슈바인. 은퇴하지 않는다는 건, 단념하고 온라인 게임을 만끽하고 있다는 것을 고백하려는 거냐?

◆슈바인 : 은퇴를 철회한 주제에 미안하지만, 그건 역시 무리야.

슈바인은 굵은 땀을 흘리는 감정 표현을 적었다.

◆슈바인 : 나 = 슈바인 님이라는 게 들키는 것만큼은 정말로 봐줘.

◆루시안 : 그건 그렇겠지…….

온라인 게임을 그만둘 수 없다고 해서 슈바인 커밍아웃을 할 수는 없으니까.

◆아코 : 그래도 슈가 슈인 건 사실이잖아요.

◆애플리코트 : 어느 의미로는 거짓말을 계속하는 것 아닌가?

아코와 마스터가 복잡한 표정을 지었다.

확실히 그것도 사실이다. 반 아이들에게, 친구에게 거짓말을 하는 거니까.

◆슈바인 : 그러게. 나는 이 몸이 최강이다! 라고 말하는 슈바인이라는 캐릭터를 사랑해. 그건 틀림없어.

슈바인은 하지만, 하고 우리를 돌아보더니 고개를 꾸벅 숙였다.

◆슈바인 : 그래도 역시 난 학교에서는, 반 아이들 앞에서는 평범한 여고생으로 있고 싶어. 설령 거짓말이라도 그러고 싶어. 부탁이야, 도와줘!

정말로 솔직한 부탁이었다.

이런 말, 반 아이들 앞에서는 절대로 말할 수 없을 텐데.

우리도 딱히 거짓말을 하면 안 된다고 생각하지는 않는다.

진짜 자신을 드러내야만 한다는 생각도 하지 않는다.

그저, 여기서 무모한 소리를 하면서 부탁한다고 고개를

숙이는 슈바인을 좋아할 뿐이다.

◆루시안 : 오케이. 협력해줄게.

◆아코 : 저는 하나도 곤란하지 않으니까요.

◆세테 : 원래 얼버무린 건 나니까.

◆애플리코트 : 부활동의 설명은 맡겨둬라. 부원이 부족해서 부탁했다는 식으로 말해주마.

◆슈바인 : 너희들……! 고마워……!

슈는 모두에게 둘러싸여 감동의 눈물을 흘렸다.

그러고 있는 게 남자 캐릭터라서 조금 유감이지만 스샷을 찍어서 남기고 싶을 만큼 좋은 장면이었다.

◆루시안 : 그럼 구체적인 작전은 있어?

◆세테 : 으~음. 사람의 소문도 75일이라고 하니까, 무시하면 잊어버리지 않을까?

◆슈바인 : 나는 그 75일간 계속 온라인 게임부에 출입해야 하잖아? 잊히는 게 아니라 기정사실이 되어버릴 것 같아.

◆아코 : 기정사실, 있을 법하네요.

어째서인지 아코가 기정사실이라는 단어에 강하게 끌리고 있었다. 뭔가 다른 생각을 한 게 아닐까?

◆애플리코트 : 그럼 솔직하게 부정하는 건 어떠냐. 괜한 죄책감은 잊고, 정면에서 전력으로 거짓말을 하는 거다. 필요하다면 암시나 사고 유도법을 지도해주마.

◆슈바인 : 왜 암시를 거는 법 같은 걸 알고 있는데?

◆애플리코트 : 이상한가? 암시, 유도는 제왕학의 기초 중 하나다만.

평범한 학생은 제왕학을 배우지 않습니다!

그러니까 위험해 보이는 건 안 된다고!

◆슈바인 : 애초에 우리 반 애들, 특히 윳키라든가 카오한테는 오타쿠가 아니라고 말했어. 그런데도 의심하고 있는 거라니까.

◆아코 : 믿어주지 않더라고요.

◆세테 : 믿어주지 않는 건 아닐 거야. 애초에 아카네, 외모라든가 친구 관계상 왠지 오타쿠 같다고 생각하게 되는 구석이 있으니까.

◆루시안 : 나 때문인가.

◆아코 : 제 탓이네요.

◆슈바인 : 반성하라고 이 오타쿠 부부.

너도 오타쿠인 주제에!

그래도 나나 아코와 이야기하는 탓에 동류 취급을 받는다면 조금은 책임감이 들지도…….

◆슈바인 : 그리고 외모 문제도 있네…… 차라리 아코처럼 가발이라도 쓰고 트윈테일을 그만두는 방법도 있나…….

◆세테 : 그건 아니야.

◆아코 : 아니에요 아니에요.

◆루시안 : 너 누구야?

◆슈바인 : 다들 너무하지 않아?!

트윈테일이 아닌 세가와는 세가와가 아니라고.

하지만 직접적인 지인만이 아니라 소문 레벨, 인상 정도의 이미지로 오타쿠 취급하는 사람도 있단 말이지.

◆루시안 : 으~음. 어떻게 할까.

◆아코 : 차라리 온 학교 사람들 앞에서 말하면 되지 않을까요? 전교 집회 같은 곳에서.

◆루시안 : 회장한테 부탁해볼까?

◆세테 : 무, 무리 아닐까~.

그렇겠지. 마스터가 회장일 때라도 무리였을 테니까.

어쩔 수 없지. 다른 방법을 찾자— 그렇게 생각했을 때였다.

◆슈바인 : ……잠깐만. 그거 괜찮지 않아?

슈바인이 갑옷을 철커덩 울리며 일어섰다.

◆루시안 : 그거라니…… 전교생 앞에서 말하는 거?

◆슈바인 : 그래! 수많은 사람 앞에서, 단상에 올라서 내가 좋아하는 걸 말할 수 있는 이벤트가 있으면 되는 거야!

◆루시안 : 그런 상황에 딱 들어맞는 이벤트가 있어?

◆슈바인 : 하나 있잖아!

자기 가슴을 탁 치며 말했다.

◆슈바인 : 문화제의, 미스콘 무대야!

문화제의 미스콘?

미스콘이라니, 그거야? 매년 개최하지 못해서 타카이시와 마스터가 곤란해하는 그거?

◆애플리코트 : 과연. 미스콘 무대라면 자기 어필은 자유다.

◆애플리코트 : 거기서 오타쿠는 싫다고 말하는 것도 본인의 자유겠지. 누군가에게 폐를 끼치지도 않는다. 완벽하군.

◆아코 : 대중 앞에서 선전포고라니, 어쩜 이리도 악마적인 생각인 건가요……!

◆루시안 : 아니, 잠깐잠깐.

나도 재미있다는 생각은 들지만 문제가 있잖아.

◆루시안 : 마스콘은 개최되지 않는다면서? 그래서는 결국 무리잖아.

◆슈바인 : 개최되지 않는 주된 이유는 인원 부족이잖아? 그거만 해결하면 돼.

◆애플리코트 : 음. 세세한 규정은 몇 가지 있지만, 최대의 문제는 인원이다. 사람만 모인다면 아마 개최될 거다.

인원만 모인다면……이라.

◆루시안 : 개최되면 스테이지에는 설 수 있어?

◆애플리코트 : 참가자가 너무 많으면 예선이 치러지겠지만…… 슈바인이라면 문제없겠지.

뭐, 세가와는 귀엽고 인망도 있는 편이니까. 그건 걱정할 것 없나.

◆슈바인 : 그렇게 생각하면, 오히려 참가자가 없는 게 행운이잖아. 나라도 확실히 무대에 올라갈 수 있어!

슈는 의기양양하게 말했다.

우리는 어떻게든 사람을 모아서 미스콘을 개최한다.

그 자리에서 슈바인이, 오타쿠 재수 없어! 너무 싫어! 라고 선언하며 오타쿠 의혹을 불식한다. 그런 작전인가.

재미있어 보이고, 마스터의 미련도 해결할 수 있겠네.

◆루시안 : 해볼까!

◆슈바인 : 바로 내일, 학생회장한테 이야기를 하러 가보자!

◆애플리코트 : 음!

◆아코 : 네~에.

분위기가 고조되는 우리들.

그리고 그런 네 사람을 바라보는 세테 씨는 땀을 흘리고 있었다.

◆세테 : 그 발상은 굉장히 오타쿠 같다고, 생각되는데…….

그녀의 염려는 그대로 지나쳐갔다.

††† ††† †††

"—그러니까 미스콘 개최를 우리가 도와줄게!"

"무슨 영문인지는 전혀 모르겠지만, 저기…… 네. 감사합니다."

우리는 다음 날 아침부터 학생회실에 실례했다.

갑작스러운 전개에 눈을 깜빡이긴 했지만 타카이시 회장

은 무척 이해력이 빠른 아이였다.

"어떻게든 해보겠다……고 하긴 했지만, 다들 짐작하신 대로 이야기가 좀처럼 진행되지 않아서요…… 최악의 경우에는 제가 혼자 개최하려고 했을 정도라서……."

설마 하던 마스터와 똑같은 발상?! 너무 성실하잖아!

"똑같은 생각을 할 줄이야……! 역시 너는 나의 후계자로군……!"

"고쇼인 선배도 그러셨나요……!"

현 회장과 전 회장이 슬픈 공감을 했다.

"그렇지만 미스콘에는 몇 가지 규정이 있다. 한 명이 나왔으니까 개최한다고 할 수는 없지."

"맞아요. 규정은 일단 네 개 있어요."

타카이시는 근처에 있던 용지를 읽었다.

"먼저, 참가자가 열 명을 넘을 것."

"열 명, 인가요……."

"의외로 많네."

"본선은 열 명으로 개최한다고 정해놨으니까. 그걸 밑돌게 되면 중지다."

그렇게 많이 모을 수 있을까? 꽤 큰 문제네.

"다음으로, 남녀 한 명 이상이 참가해야 해요."

"남자도 나가야 한다고?!"

"네. 미스콘의 정식 명칭은, 마에가사키 미스터 & 미스

콘테스트. 남녀 모두의 참가가 절대 조건이에요."

"뭐, 간단히 해결할 수 있는 문제네. 그치? 니시무라?"

"그건 나중에 상담하자. 다른 희생자를 찾을 수 있을지도 모르고."

타카사키 같은 녀석은 띄워주면 나가줄지도 모른다.

"그리고, 전 학년에 출전자가 있을 것. 1학년, 2학년, 3학년에 최저 한 명씩은 출전자가 필요해요."

"사유화(私有化)는 절대 용납하지 않는다는 규정밖에 없네."

"네. 내용 자체는 저속한 이벤트지만, 그렇기에 학생회 주도로 최소한의 룰을 유지해야 하니까요."

그렇군. 친한 사람들끼리 제멋대로 할 수는 없는 거구나. 간단히 개최할 수 없는 이유가 있었다.

"마지막으로 실행위원이에요. 학생회나 문실과는 별도로, 미스콘 실행위원이 없으면 개최할 수 없어요. 콘테스트 사회나 예선과 본선 진행을 담당해야 해요."

"이건 의외로 어렵네."

"그러게."

커다란 이벤트를 개최하는 거니까 나름대로 익숙할 필요도 있고, 사회도 봐야 한다니.

"토크가 능숙하고, 카리스마가 있고, 지휘 능력이 우수한 사람, 이라……."

"그런 사람이 딱 알맞게 있는 건 아니잖아."

이건 어렵나 싶었는데—.

"그럼 내가 할게!"

옆에서 싱글벙글 이야기를 듣던 아키야마가 번쩍 손을 들었다.

"부탁드려도 될까요? 아키야마 선배라면 안심이에요."

"맡겨둬~."

아키야마는 어젯밤에 미묘하게 발을 빼고 있었는데, 미스콘이라는 이벤트 자체는 좋아하는지 실행위원은 하고 싶은 것 같았다.

하긴. 당신이라면 안심할 수 있겠네요.

"완벽한 인재가 남아있었네."

"진행에는 아무런 불안이 없군."

수수께끼의 카리스마에, 물 흐르는 듯한 토크, 레이드로 뒷받침된 지휘 능력.

아키야마라면 틀림없이 미스콘을 맡길 수 있다.

"역시 가장 큰 문제는 인원인가."

"저도 그게 곤란해서…… 포스터는 붙여놨고, 쉬는 시간에 방송으로 알리고 있는데요……."

출전자가 간단히 나오지는 않는 건가.

우리도 그런 일이 없었다면 나오지 않았을 거다. 역시 간단하지는 않나.

시무룩한 타카이시에게 세가와가 말했다.

"그건 우리가 어떻게든 해볼 테니까."

그녀는 회장의 어깨를 두드리고 힘찬 미소를 지었다.

"그러니까 너는 아무 걱정하지 말고 미스콘을 개최할 준비를 부탁해."

"네— 감사합니다. 선배. 정말로 큰 도움이 됐어요."

이럴 때의 세가와는 진짜로 형님 같단 말이지.

"미스콘 실행위원으로서 문실 사람하고 상의를 시작할게."

"네. 부탁드려요."

타카이시는 이런 학교 행사에 진지한 사람이 있어서 감동에 젖은 것 같았다.

약간 눈이 촉촉해진 것 같은데 저기, 우리도 미스콘을 이용하고 있을 뿐이거든?

"우, 우리도 목적이 있거든? 그러니까 감사할 필요는 없어. 알았지?"

"아뇨. 정말로 감사합니다……!"

"올곧은 후배가 눈부셔……!"

미스콘을 이용해서 전교생에게 거짓말을 하려는 세가와에게 이런 반짝이는 선의는 부담되겠지.

"그럼 인원을 모으면 다시 올게."

"네. 이게 응모 용지에요. 잘 부탁드립니다."

"전 학년을 합쳐서 열 명인가. 그렇게 간단히 모일까?"

"할 수밖에 없어. 이제 돌이킬 수는 없다고!"

††† ††† †††

점심시간. 부실에 모인 우리는 점심을 먹으면서 작전회의를 열었다.

“하나씩 해결해 나가자.”

세가와가 젓가락으로 잡은 비엔나소시지를 흔들며 말했다.

“먼저 간단한 것부터. 전 학년에 한 명씩 참가자가 필요하다는 규정이야. 2학년은 내가 나갈 거니까 문제없고, 1학년 참가자 말인데…….”

“……저인가요?”

사정도 모른 채 호출된 후타바가 고개를 갸웃했다.

점심시간에 갑자기 불러서 미안!

“상황을, 잘 모르겠는데요.”

“그래. 저기, 이야기하면 길어지는데…….”

“그래도, 돼지 선배가 곤란하다면, 나갈게요.”

“미캉!!”

세가와가 후타바를 덥석 끌어안았다.

“가…… 갑갑한데…….”

“지금은 그 입이 험한 구석도 귀엽네! 고마워, 미캉!”

“아우우우우우.”

“이, 일단 무슨 일이 있었는지 설명해줄게. 아카네, 놓아줘.”

"설명, 요구해요."

"그게 말이지, 먼저 우리 반 아이가 온라인 게임 체험을 하러 왔었는데……."

세가와에게서 풀려난 미캉이 아키야마에게 설명을 듣기 시작했다.

아, 이쪽은 이쪽대로 이야기를 진행해야지.

"1학년은 미캉에게 부탁하기로 하고, 3학년은 당연히 내가 나간다!"

2년간의 울분을 풀기 위해 마스터가 의기양양하게 말했다.

"나의 아름다움을 전교생에게 보여주겠다!"

"아, 확인해봤는데, 수영복 같은 건 금지였어."

"어째서냐아아아아아아."

수영복으로 나갈 생각이었나…… 마스터…….

"그럼 어쩔 수 없지. 현재 제작 중인 나의 게임 내 의상을 입고 나가기로 할까."

"그것도 노출도가 꽤 높지 않아?"

"받은 원형 그대로 전시할 생각은 없다. 더욱 개조를 거듭해야겠지."

"아, 그럼 나도 세테 옷으로 사회 봐야지."

아키야마도 한 손으로 채찍을 휘두르는 움직임을 보이며 말했다.

"온라인 게임부 전시 선전이 될 것 같네요."

"모처럼 열심히 준비했으니까, 가급적 여러 사람이 봐주면 좋겠지."

아직 제작 도중이지만 그래도 시간을 들여서 만들었다.

다른 부의 기계를 사용하면서 많은 공을 들이기도 했고…….

"다음은 남자가 한 명 참가할 것. 이건 간단하네."

세가와의 시선이 나를 바라봤다.

"……무슨 볼일 있어?"

"알고 있잖아? 포기하라고."

"큭……."

역시 나인가. 나보고 하라는 건가.

"……나보고, 광대가 되라는 거냐……!"

패배 확정인 건 고사하고 다들 이놈은 왜 나왔냐는 표정을 짓게 될 미스콘에 나가라, 그렇게 말하는 거구나……!

"타카사키도 출전을 거부했고…… 가혹하잖아, 진짜 너무해……."

"미, 미안하다고는 생각하거든? 빚은 반드시 갚을 테니까, 날 좀 도와줘!"

"미스콘은 내 숙원이기도 하다. 부디 힘을 빌려다오!"

"젠장, 알았어. 나가면 되잖아, 나가면!"

어차피 개그 요원으로 적당히 대접할 게 뻔하니까, 소중한 파트너를 위해 수치를 무릅써주겠어!

"잠깐만요! 안 돼요 안 돼요!"

그때, 아코가 양손을 벌리며 제지했다.

"아코? 미스콘 이야기를 진행하고 나서 계속 조용했는데, 갑자기 왜 그래?"

"아뇨. 괜히 눈에 띄면 지뢰를 밟을 것 같았거든요."

"나가라는 말을 듣는 게 싫어서 조용히 있었던 거구나."

그렇지. 아코는 이러니저러니 해도 나가고 싶지 않겠지.

"그래도 이건 가만히 있을 수 없어요! 루시안을 미스콘에 내보내다니, 절대로 안 돼요!"

"어째서? 아코도 나가달라는 이야기를 바로 다음에 하려고 했는데?"

아, 역시 이후에 아코를 권유할 예정이 있었구나.

"저는 안 나가지만, 루시안도 나가면 안 돼요! 루시안이 멋진 모습을 보여줘서 좋아하게 되는 사람이 나오거나, 팬클럽이 생기면 어쩔 건데요!"

"대체 어떤 세계선의 나야?"

그런 내가 될 수 있다면 나도 되고 싶을 정도다.

"무조건 불가능하니까, 그런 걱정은 할 필요 없어."

"그래도, 그래도 말이죠. 만약 한 명이라도 루시안을 신경 쓰게 되는 여자가 있으면, 저는 어떻게 되는데요! 이혼인가요?!"

"만에 하나 그런 악취미인 사람이 있더라도, 아코와 헤어질 이유는 하나도 없거든?!"

다른 후보가 생기면 자기는 이혼하게 된다는 전제냐!

왜 그렇게 자기 평가가 낮은데!

"그럼 니시무라, 스테이지에 올라가면 아내가 있습니다! 라고 어필해."

"나보고 죽으라는 거냐."

그랬다가는 다들 기겁하는 수준으로는 안 넘어가거든?!

"여친이 있다고 어필해서 빈축을 살 정도라면 문제없지 않나."

"그 정도라면, 어떻게든……."

"그럼 그렇게 하자. 니시무라가 나가면 아코를 자랑한다. 이거면 어때?"

"기정사실이 생기는 거네요……! 그래도 불안하긴 하지만…… 우우……."

어차피 수치를 당할 거라면 차라리 대폭사하는 게 개운하니까, 그 정도가 좋아.

아코가 안심해준다면 내가 웃음거리가 되는 것 정도는 딱히 상관없고…….

"그럼 남자도 오케이네. 나머지는 마지막 문제. 미스콘을 개최하려면 참가자를 열 명 이상 모아야 해. 현재로서는 나, 마스터, 니시무라, 미캉으로 네 명뿐. 앞으로 여섯 명이나 필요해."

"큰일이네요. 열심히 해주세요."

"남 일처럼 말하기는……."

가뜩이나 친구가 적은 나에게 여섯 명이라는 소리는 외통

수 같은 숫자다.

“그리고 말이지. 나야 상관없지만, 승산이 없는 사람한테 참가를 부탁하기는 싫어. 적어도 우승 후보 같은 사람을 권유하고 싶어.”

패배가 확정돼서 수치를 당하는 건 실례잖아.

가능하면 이길 수 있는 사람에게 부탁하고 싶다.

“니시무라. 그런 딱 알맞은 사람이 있어?”

“그게 없으니까 곤란한…… 아!”

그래. 한 명 있다.

“아키야마. 미스콘은 타인을 추천할 수도 있어?”

자기가 응모하는 게 아니라, 타인의 추천으로 나간다면 후보가 될 사람이 있다!

“있는데? 그래도 타인 추천은 사퇴할 수 있어서…….”

“그건 괜찮아!”

왜냐하면 추천하는 건 이 사람이니까.

“고양이공주 씨— 사이토 선생님을 타인 추천으로 넣자.”

“그거 좋네.”

“완벽하군.”

세가와와 마스터도 그거다! 하고 수긍했다.

“뭐어? 유이 선생님이 불쌍하지 않아?”

“괜찮아! 작년에도 선생님은 밴드 결성해서 라이브 하러 나왔으니까!”

학생회 이벤트니까 이상한 일을 하는 것도 아니다. 잠깐 스테이지에 올라가서 말하는 것 정도라면 세가와를 위해서라도 해줄 거다.

애초에 평범하게 우승 후보에 들 것 같은데.

"으~음. 찬밥 더운밥 가릴 수는 없나…… 타인 추천으로 유이 선생님을 넣어둘게."

"저기…… 그냥 고양이공주 씨한테 부탁하면 되는 게……."

아코가 멀쩡한 소리를 했다.

무르구나, 아코. 그래서는 안 돼.

"잘 들어, 아코. 중요한 걸 가르쳐줄게."

"가만히 있어야, 고양이공주 선생님의 리액션이 더 재밌어지잖아."

"사이토 교사는 아우성칠 때가 가장 빛나니까 말이지."

나와 세가와와 마스터의 의견은 같았다.

곤란해할 때의 선생님, 엄청 귀엽단 말이지.

"……고양이공주 씨, 불쌍하네요……."

"그러게…… 명복을 빌자……."

그런 말을 하는 시점에서 아코도, 아키야마도 본인에게 전해줄 생각은 없는 것이리라.

이걸로 두 명도 공범입니다.

"뭐, 이 정도의 농담은 통하는 사이잖아."

"선생님만 나가라고 하는 것도 아니고, 우리도 나가니까."

차라리 추천하는 게 동료 대접이라고 생각한다. 응.

"이걸로 남은 건 다섯 명이네…… 어쩔까?"

"그리 간단히 생각날 리가 없다. 각자 떠오르는 사람을 찾아보기로 하자."

"오케이. 아직 점심시간이니까, 생각해 볼게."

앞으로 다섯 명. 나도 한 명 정도는 찾고 싶다.

"으음, 남자가 한 명인 건 너무 싫으니까, 최악이라도 한 명 정도는 더 찾아야……."

교실을 걸으면서 어떻게 할까 고민해봤다.

"우리 반 아이들은 나가주지 않을까요?"

"일단 말은 걸어봤지만, 전원 즉답으로 거절했어."

"하긴 그렇겠죠."

나도 세가와가 꼭 부탁한다고 말하지 않았으면 안 나갔을 거고, 지금도 가능하면 나가고 싶지 않다.

"차라리 내 존재감이 흐릿해질 정도의 꽃미남을 부르고 싶은데……."

"그런 사람이 이 세상에 있나요?"

"대량으로 있지만, 아코의 눈에는 보이지 않나 보네."

혹시 눈이 안 좋나? 시력 검사 제대로 받고 있어?

"애초에 꽃미남이라는 인종 중에 딱히 친한 사람도 없긴 하지."

"제대로 부탁할 수 있는 사이가 아니면 안 되니까요."

"그러게. 꽃미남이라니 나와 가장 친하지 않은 장르이고……."

응? 잠깐만.

있잖아. 꽃미남 지인. 그것도 믿을 수 있는 상대!

"맞아. 그 녀석이라면 틀림없이 꽃미남이야!"

"예에?"

"잠깐 권유하러 갔다 올게!"

곧장 휴대전화로 연락하자 그는 흔쾌히 이야기를 들어주러 왔다.

이야~, 역시 믿음직한 후배는 가지고 볼 일이라니까.

"안녕하세요. 히데키 선배."

"안녕, 코이치."

변함없이 남자로 보이지 않을 만큼 단정한 용모.

변성기는 언제 오나 싶을 정도로 높은 목소리.

내가 부탁한 것은 불만의 여지가 없이 귀여운 1학년 1반 남자, 카미미야 코이치였다.

처음 만난 건 4월, 아코가 신입 부원 후보로 데려왔을 때부터였다.

"갑자기 불러서 미안하네."

"그럴 리가요…… 히데키 선배의 부탁이라면, 뭐든……."

"그렇게 가볍게 오케이하지 말라니까. 그래서, 부탁할 게 있는데."

"네! 거기까지! 안 돼요! 논외에요! 기각이라고요!"

우와! 아코가 나와 코이치의 사이에 끼어들었다!

뭐야 갑자기!

"왜 그래? 아코. 코이치가 놀랐잖아."

"놀란 건 저라고요! 어째서 저의 적을 데려온 건가요!"

"누가 적이야, 누가."

오히려 내게는 몇 안 되는 동성 아군이라고.

"애초에 어떻게 연락을 취한 건가요?"

"그 후에 연락처를 교환했으니까, 자주 이야기하는데."

"히데키 선배는 이것저것 상담을 받아주셔서……."

"설마 이런 곳에 숨겨진 라이벌이 있었다니."

그게 말이 되냐.

"너 말이야. 1학년이고 아직 학교에 익숙하지 않으니까 이것저것 질문에 대답해줬을 뿐이고, 아코처럼 돌봐주던 건 아니야."

"돌봐주는 걸로 질투하는 게 아니거든요!"

자자, 아무튼 괜찮으니까.

나는 아코를 토닥토닥 타이른 뒤—.

"그래서, 부탁할 게 뭐냐면…… 코이치가, 미스콘에 나가줬으면 좋겠어."

"네…… 미스콘……?"

"아, 미스콘이라고 해도 정식은 미스터 & 미스 콘테스트라 남자든 여자든 나갈 수 있고, 여장 같은 그런 건 없어. 나도 나가니까!"

"히데키 선배도 나가시나요……?"

"뭐, 예선이 없다면 말이지만."

예선이 있으면 떨어질 테니까.

"나는 전혀 가망이 없어도, 코이치는 나가면 우승을 노릴 수 있을 거야. 싫지 않다면, 꼭 나가줬으면 좋겠어!"

"제가, 우승도 노릴 수 있다고요……?"

"그럼. 나는 이 학교에서 제일 멋진 건 코이치라고 생각하니까."

"히데키 선배……! 알겠습니다. 저라도 좋다면 열심히 할게요!"

"그만둬주세요오오오오오!"

어째서인지 아코가 반쯤 울상을 짓는 사건이 있었지만 아무튼 남자가, 그것도 우승도 노릴 수 있는 인재를 한 명 확보했다. 해냈어.

자, 남은 건 네 명인데—.

"나이스 니시무라. 그럼 앞으로 두 명이네!"

방과 후 부실에서 세가와가 힘찬 미소를 지으며 말했다.

문화제 실행위원과 상담을 하러 간 아키야마, 반 전시 준비가 있는 후타바 이외의 멤버가 부실에 모여 있었다.

"오, 그쪽에서 두 명 확보했어?"

"응. 뭐, 미리 빚을 지워놔서 다행이었어."

세가와가 미소 지었다.

역시 인간관계가 넓다니까.

"이것저것 했으니까 발이 넓구나."

"무슨 소리야. 너도 아는 애거든? 윳키하고 카오."

"그, 그 두 사람인가."

"나가주는 건가요?"

"여러모로 역학 관계가 얽히긴 했지만. 나나코가 실행위원이라 출전자를 찾고 있고, 나도 나간다…… 그렇게 말했거든. 역시 요전에 우리한테 무리한 부탁을 하기도 했었으니까."

"인정을 베풀면 언젠가 내게로 돌아온다는 뜻이군."

마스터가 납득한 표정으로 말했다.

"……뭐, 그 일이 없었다면 애초에 미스콘 같은 건 안 해도 됐겠지만."

"말하지 마, 말하지 말라고……!"

괴로워질 뿐이니까! 앞만 보면서 가자!

"그럼 앞으로 두 사람인가…… 슬슬 버겁겠는데."

이젠 정말로 알아볼 사람이 없어질 무렵이다.

타카이시 회장보고 나가 달라고 할까? 하지만 첫 문화제에, 학생회장인데 미스콘에도 나가는 건 너무 과하지…….

"……저기, 나한테 한 명 후보가 있는데."

세가와가 내 안색을 엿보며 말했다.

"미스콘에 나가더라도 이상하지 않을 만큼 귀엽고, 부탁을 거절하지 못하는 아이."

"……일단 말해봐."

불길한 예감이 들었지만 재촉했다.

세가와는 미묘하게 굳어진 미소를 짓고 입을 열었다.

"……네 여동생."

역시나였어, 이 자식!

"언젠가 말할 것 같더라! 미즈키는 안 돼. 절대로 안 되거든!"

"어째서야! 제일 유력 후보잖아!"

"너 말이야. 미즈키는 나하고는 다르다고!"

책상 위를 탕탕 두들겼다.

"미즈키는 착하니까, 세가와가 곤란하고 내가 부탁하면 분명 바로 나가겠다고 하겠지. 그리고 기왕 나갔으니까 열심히 꾸밀 거야!"

"루시안의 여동생이구나~ 라는 느낌밖에 들지 않는데, 어디가 다른 건가요……?"

아코가 뭔가 말했지만 무시했다.

"그리고 미즈키는 귀엽잖아? 미스콘 같은 데 나갔다가 이상한 녀석이 반해버리거나, 스토킹을 당하거나, 그런 좋지 않은 일을 겪을지도 몰라. 아니, 겪을 거야. 분명 겪을 거라고."

"요컨대 그냥 시스콤인 거 아닌가?"

무슨 소리야, 마스터. 그건 아니거든.

"시스콤이 아니라. 객관적인 사실을 말하는 거야!"

나와는 닮지 않았고 솔직하고 귀엽게 자랐으니까 이상한 일을 겪지 않기를 바라는, 평범한 오빠 마음이잖아!

"그러니까 안 돼. 미즈키는 취소. 금지."

"으음…… 아, 진짜네. 네 예상, 완벽하게 들어맞았어."

"어."

세가와가 휴대전화를 내게 돌렸다.

표시된 것은 누군가와의 채팅 화면.

그 내용은—.

【미즈키】 오빠가 곤란하다면 가급적 노력해 볼게요.

"여동생, 나가준대."

"세에에에에가아아아아와아아아아."

"잠깐잠깐! 딱히 억지로 강요한 거 아니거든! 본인이 괜찮다고 하니까!"

"그렇다고 죄 없는 내 여동생을 지옥에 끌어들이려고 하지 마!"

"미스콘을 지옥이라고 말하는 건 그만두라고!"

세가와가 방 안에서 잽싸게 도망쳤다.

젠장. 쫓아가도 못 따라잡겠다.

"하아…… 미즈키는 고집이 있으니까…… 한 번 나간다고 하면 내가 무슨 말을 해도 나간다고…… 그래서 화제로 꺼내지 않으려고 했는데…….”

“미안하다니까…… 어, 그런데 여동생은 꽤 즐기는 것 같아.”

【미즈키】 미캉하고 둘이서 미용실 찾고 있어요. (*′ ω `*)

후타바도 미즈키도 엄청 의욕적이잖아.

“끄응. 여동생이 리얼충이 되어서 오빠는 슬프……지는 않나.”

나처럼 되지 않아서 다행인 걸지도 모른다.

뭐, 이상한 스토커 같은 게 튀어나오지 않도록 주의하자.

좋든 나쁘든, 이걸로 아홉 명이 모였다.

“그럼, 앞으로 한 명인가.”

“그러게. 앞으로 한 명.”

“음. 앞으로 한 명이로군.”

“그러게요~.”

자기는 상관없다는 표정으로 말하는 아코에게 우리의 시선이 모였다.

“앞으로 1…….”

“앞으로 1이네…….”

“앞으로 1인가…….”

“저기, 앞으로 1 앞으로 1이라고 말하면서 이쪽을 보는 이유가 뭐죠?”

“……있잖아, 아코. 같이 문화제의 추억, 만들지 않을래?”

“여기까지 왔으니, 아코만 안 나가는 건 따돌리는 것 같아서 좋지 않다고 생각해."

"아코 군이라면 나의 좋은 라이벌이 될 거다."

"이거, 불똥이 제 쪽으로 튄 건가요?!"

아코가 스스슥 뒤로 물러났다.

그렇습니다. 어그로는 전부 아코에게 집중됐습니다.

"그야 이제는 아코만 나가면 문제 해결이잖아?"

"저는 미세스니까, 미스콘은 좀……."

"영문 모를 이유로 도망치지 말라고! 너는 아직 미혼이잖아!"

"기혼자예요!"

거기가 걸리는 거냐!

변함없이 예상과는 삐딱선을 탄다.

"자, 여기에 응모 용지가 있으니까. 여기에 이름을 적기만 하면 돼. 쉽지?"

"싫어요! 저는 절대 싫어요! 가정을 지키기 위해서, 그런 사기에는 당하지 않을 거라고요!"

"뭐, 아코는 싫어하겠지……."

그럴 것 같았다.

조금 분위기에 편승했을 뿐 나도 억지로 내보내고 싶지는 않다.

내가 나갈 때 아코가 말했듯이 누군가 아코에게 반하거나, 팬클럽이 생기거나, 그런 일이 없다고 장담할 수는 없으니까.

그러나 아코가 일반적으로 귀엽다는 게 증명된다면 이 아이의 자신감 없는 구석이 조금은 변할지도 모른다는 기분도 든다.

그 때문에 내가 버려진다면 무척 후회할 것 같지만…….

"저기, 아코. 정말로 그냥 나가기만 하면 돼. 스테이지에서, 저한테는 남편이 있어요! 라고 말해도 되니까. 제발."

"말해버리면 내가 곤란한데."

"그래도 미스콘인데요? 저 같은 건 절대 안 어울린다고요."

"아니, 너 말이야……."

세가와는 가방에서 리얼충 챌린지 때 아코가 쓰던 가발을 꺼냈다.

"이걸 이렇게."

"아우아우아우."

아코의 머리털을 빙글빙글 돌려서 모으고, 위에 짧은 머리를 씌웠다.

"자, 이걸 보라고. 어디가 안 어울린다는 거야?"

"으으음. 완벽한 여고생이로군."

그야 일단 아코는 여고생이니까!

"이런 건 가짜잖아요! 변장이라고요!"

"가짜든 변장이든 상관없으니까! 부탁이야, 협력해줘!"

"우우우, 루시안!"

"아코의 마음대로 해."

좋은 추억이 된다는 것도 거짓말은 아닐 거다.

세가와가 주도한 리얼충 체험을 한 탓인지 모두 함께 바보 같은 짓을 하는 것도 괜찮지 않나 싶은 마음도 있다.

"나를 도와준다고 생각하고! 부탁이야 아코! 무리이고, 싫다는 건 이해하지만…… 그래도 부탁할 사람은 친구인 너밖에 없어!"

"우우…… 친구…… 그래도 미스콘은…… 아아우우……."

아코는 끙끙 고민하고 있었다.

"고민하는 건가…… 솔직히 단호하게 거절할 줄 알았는데……."

"거절하고 싶지만 슈는 소중한 동료니까…… 우우우……."

아코는 싫은 듯이, 정말 진심으로 괴로운 목소리로 말했다.

"그럼…… 나가기만 하는 거라면……."

말했다. 말하고 말았다.

"진짜로?! 괜찮아?! 고마워!"

"아아…… 그래도 역시 그만두는 게……."

"이미 언질은 받았으니까! 자, 잽싸게 이름 쓰라고!"

"우우우, 우정을 인질로 잡힌 기분이에요!"

……그래. 나가는구나, 아코.

그것도 억지로 정해진 게 아니라, 정말 어쩔 수 없는 이유지만 스스로 정해서 나가는 건가.

LA 휴식 때 어울려줬을 때도 그렇지만, 예전의 아코였다면 분명 고르지 않았을 선택지를 종종 고르게 되었다.

아니, 전부터 그런 기색은 있었다. 반에서 남녀가 싸웠을 때도 아코는 반 아이들을 위해 조금 노력했었다.

아코도 그렇게 조금씩 변해가는 거겠지.

"여, 역시 쿨링오프! 쿨링오프할게요! 계약 해제에요!"

"이 계약은 쿨링오프 대상 밖이야! 확실히 공부하라고!"

"NPC 상점이라면 윈도우를 닫기 전에는 캔슬할 수 있잖아요!"

"경매장은 산 순간 거래 완료잖아! 대인 계약은 그렇게 무르지 않다고!"

"우우우, 현실도 게임도 사람을 상대하는 건 싫어요!"

……아니, 변하지는 않았나.

역시 평소 그대로의 아코네.

"그럼 이걸로 미스콘 개최는 결정인가."

"음. 학생회에 제출하기로 하자."

타카이시에게 좋은 보고를 할 수 있게 된 것이, 그리고 마침내 미스콘을 개최할 수 있게 된 것이 기쁜지, 마스터는 경쾌한 발걸음으로 부실을 나갔다.

"자, 그럼 이제는 도망칠 수 없겠네…… 아아, 나도 조금 우울해졌어."

"우우우, 참가자가 좀 더 나오면 예선 탈락하고 싶은데요……."

"솔직히 나도 그걸 바라고 있어."

그렇지만, 다행이다 다행이야.

당일은 꽤 불안하지만 이걸로 세가와가 은퇴할 일도 없을 테니까.

겨우 즐거운 문화제를 맞이할 수 있을 것 같다.

—그러나 이런 건 언제나 내 예상과 다른 방향으로 흘러가는 법이다.

"아, 나나코한테 연락왔어. 참가자 프로필을 사이트에 올릴 거니까 사진 보내달래."

"제 사진은 세테 씨한테 맡길게요……."

"알았어. 말해둘게."

이러는 사이에도 우리가 저질러 놓은 플래그는 순조롭게 쌓여가고 있었다.

3장

“전부 나한테 맡겨두라고”

초특급으로! 라는 무리한 부탁을 했지만 배송된 의상은 결코 나쁘지 않았다.

하지만 게임 의상을 생각하고 만든 우리 쪽에서 보면 조금 부족한 부분도 있었다.

"우우, 이 천 자체를 변경할 수 있다면……."

"파츠를 붙여서 시선을 유도하자. 광택이 있는 부분에서 눈을 돌릴 수 있을 거다."

"아뇨. 광택이 나오지 않도록 위쪽에 가공해서 어찌어찌 얼버무릴 수 없나 시험해 볼게요."

이미 외주로 만들었던 아코, 마스터, 고양이공주 씨의 의상 본체는 도착했다.

추가로 소도구를 만들거나 겉모습을 더욱 개량하는 시도를 하는 중이다.

"고양이공주 씨의 드레스, 프릴을 붙여놔서 꽤 좋아졌지만 역시 등 쪽의 커다란 리본은 싸구려처럼 보이네요."

"그건 수예부에게 의뢰했다. 남은 천 중에 좋은 게 있어서 옷본을 따라 재단하는 것까지는 부탁할 수 있을 것 같더군."

"정말인가요?! 그럼 다음은 마스터의 의상이네요."

"음. 원래는 사용하지 않는 것이다 보니, 상의 부분이 아무래도……"

재봉을 할 수 있는 사람들은 그쪽 작업을 하고 재봉을 못하는 우리는 다른 일을 도왔다.

"마스터의 지팡이, 여기 색은 빨간색이 맞나?"

"맞아맞아. 그래도 덧칠을 해야 그럴싸해질 것 같네."

"칠하고 말리고, 칠하고 또 말리고…… 프라모델이라도 만드는 기분이네."

"……붉은색 주변, 테이프로 보호할게요."

이쪽은 이쪽대로 소도구 수선을 진행하고 있어서 의외로 할 일이 많았다.

전원이 협력해서 전시를 성공시키기 위해 분투 중이다.

"완성된 의상을 입고 미스콘에 나가야 하니까 힘을 뺄 수는 없어."

"열심히 해주세요!"

"남 일처럼 말하지 마라. 아코 군도 입는 거다."

"후에에에에."

"……말은 그렇게 했지만, 참가자가 늘어버렸으니까 무조건 나갈 수 있다고 단정할 수는 없겠네."

세가와가 조금 분한 듯이 말했다.

그렇다. 열 명의 참가자를 모아서 개최를 확정지은 기교제 미스터 & 미스 콘테스트.

개최 미정일 때는 응모자가 전혀 모이지 않았는데, 개최가 확정되자마자 자신 있는 학생들 몇 명이 참가 신청을 냈다.

"나 참. 다들 분위기 탄다니까."

"자주 있는 일이잖아. 파티 모집에서 앞으로 한 명만 남게 되면 단숨에 메워지는 그 느낌이라고."

"모르는 바는 아니지만."

사유화는 안 된다는 게 미스콘의 기본 원칙이라고 한다.

그러니 우리가, 아니 세가와가 나가지 못하게 되더라도 우리는 불만을 말할 자격이 없다.

"세가와만이라도 내보내야겠지."

"애들한테 표를 달라고 부탁했지만…… 괜찮을까……."

학교에서 베스트 10에 들어가는 미인입니다, 라고 단언할 정도의 자신감은 없는 거겠지. 아무리 세가와라도 불안해 보인다.

내 개인적 감상으로는 여유롭게 통과할 것 같지만…….

"피가 끓네요."

"후타바는 의욕 넘치는 쪽이구나."

이 의욕이 조금만 아코에게 옮겨가면 좋을 텐데.

"예선 결과는 언제 나오나요?"

"투표는 어제까지였어. 그러니 집계가 끝나면 나나코가……."

그렇게 말한 바로 그때—.

"얘~들아!"

문이 콰~앙 하고 열리며 아키야마가 뛰어들었다.

"예선 집계 끝났어!"

그녀는 희희낙락하면서 종이를 한 손에 들고 펄럭였다.

"……이렇게, 나나코가 가르쳐주러 올 것 같았어."

"그렇군."

알기 쉽네.

"그럼 세테, 결과는 어떻게 됐나?"

"어…… 그게…… 여러모로 명암이 엇갈렸다고 할까요."

아키야마는 의기양양하게 온 것치고는 왠지 우물쭈물 말하기 시작했다.

그야 뭐, 떨어진 사람도 있겠지. 나라든가, 나라든가, 나라든가.

"슈가 나가기만 하면 그래도 상관없죠?"

"음. 그게 안 되면 노력이 전부 헛수고가 되어버리니."

"응. 그럼 결과 말할게!"

호화롭게도 실행위원이 직접 기교제 미스터 & 미스 콘테스트 예선 투표 결과를 발표했다.

"그게 말이지. 예선 10위 통과는…… 두구두구두구두구."

"입 드럼?!"

"다음에는 진짜를 준비해놓을 테니까!"

아키야마는 두두둥! 하고 입으로 말한 뒤.

"1학년, 카미미야 코이치 군!"

오오오, 코이치가 올라갔다!

"왠지 이름을 들은 적이 있는데."

"전에 체험하러 왔던 1학년이야!"

"아아…… 귀여운 얼굴이었던가?"

남자인데 베스트 10에 들어가다니 역시 대단해. 코이치는 내가 눈여겨볼 만했어.

전혀 상관없는데도 자랑하고 싶어질 만큼 기쁘다. 이게 밀어준다는 건가?

"다음은 9위. 1학년 오카베 린 양."

모르는 이름이 나왔다!

"그 사람은 누군가요?"

"몰라? 농구부의 귀여운 애인데."

"모르고, 우리 말고는 넘겨도 돼."

"어…… 그래?"

그럼, 하고 잠시 고민하던 아키야마가 말했다.

"먼저, 참가자가 늘었으니까 별도로 정해진, 타인 추천 제1위로 본선에 진출한 사이토 유이 씨!"

"냐앗?!"

자기 컴퓨터로 작업하던 선생님이 움찔하며 일어섰다.

오오, 선생님도 예선 통과했구나!

"어, 뭐야. 나?!"

"응응. 유이 선생님. 본선 진출 축하해요."

"역시 대단하네."

"고문 교사의 진가가 드러난 것이로군요."

"기다리라냐! 그런 건 못 들었다냐!"

완전히 남 일이라고 생각했었던 선생님은 누구보다도 크게 당황했다.

"모두 함께 미스콘이라니 즐거워 보인다냐~, 라고 생각했었는데, 왜 나도 들어 있는 건가냐?!"

"타인 추천도 오케이거든. 자기 PR이 없으니까 불리하지만."

"타인 추천……?! 사퇴는 못하는 건가냐?"

"가능하지만, 선생님이 그만두면 분위기가 썰렁해지잖아."

"우우우우우."

선생님은 마우스를 꽉 잡고는 눈물을 참으며 말했다.

"올해는 게임에서 아무것도 안 한다고 해서 평화로운 문화제가 될 줄 알았는데……!"

"평범한 행사에 참가할 뿐이니까 평화롭잖아?"

"선생님은 밴드도 있다냐! 그렇게 눈에 띄고 싶지 않다냐!"

"포기하지 그래?"

"어째서인 건가냐아아아아아아!"

선생님은 싫다냐! 하고 부실에서 나가버렸다.

"기대에 부응해주는 리액션이네."

"재미있네요. 선생님."

불쌍한 건지 굉장한 건지, 변함없이 운이 없는 선생님이다.

올해도 스테이지 기대할게요!

“통과한 건 고양이공주 선생님뿐?”

“아니? 또 있어.”

세가와가 불안하게 묻자 아키야마는 천천히 고개를 내저은 뒤.

“다음이…… 4위! 고쇼인 쿄우 선배!”

굉장해. 마스터, 예선 4위다!

“나인가! 4위…… 아직 역전 가능한 차이로군!”

“오오~!”

“축하해요~.”

“마스터 축하~.”

우리는 솔직하게 축하해줬다.

역시 정통파 미녀, 미스콘에서는 강하다니까.

“……그보다 4위까지 넘어갔다는 건, 그 사이에는 전부 우리하고는 무관계한 사람?”

“개최하게 되니까 귀여운 아이하고 멋있는 사람이 나오네.”

이러니저러니 해도 미스콘은 어설프지 않나 보다.

“그래도 굉장하거든! 놀랍게도 2위에 들어간 사람이 있습니다!”

두둥! 하고 다시 입으로 말한 뒤.

“미스콘 예선 2위 통과는— 2학년의, 세가와 아카네 양!”

세가와를 척 가리켰다.

진짜냐, 세가와! 2위였냐!

"해~냈다아아아아아아! 2위로 통과! 역시 나야!"

"굉장해요!"

"축하."

"큭, 져버렸나……!"

"유능한 돼지 선배……."

나와 아코는 박수를 보냈고 마스터와 후타바는 으그극 하고 분통해했다.

"다행이야…… 다들 고마워! 이걸로 예정대로 스테이지에서 오타쿠 같은 건 너무 싫어! 라고 선언할 수 있겠어!"

"미스콘을 개최한 보람이 있었네."

"목표 달성이네요."

모두 안심하며 숨을 내쉬었다.

일부러 개최했는데 실패하면 어쩌나 싶었단 말이지.

최악의 경우, 아키야마의 어시스턴트로 실행위원 쪽에 서서 단상에 올라가 오타쿠는 싫잖아요~? 라고 토크를 진행할까 하는 생각도 했었다.

이러면 됐다. 아무 문제도 없다. 하지만, 역시나 싶기도 했다.

"당연하지만, 나는 떨어졌구나."

"……저도……."

나와 후타바가 시무룩하게 어깨를 떨궜다.

"니시무라는 유감이지만 다섯 표로, 밑에서 3위."

"오오, 최하위가 아니라 다행이다…… 그런데 친한 사람들만 준 것 같은 표수네."

알고는 있었으니까 분하지는 않지만 왠지 슬프다!

"미즈키도 후타바도 아코도 떨어진 건가……."

다른 쪽으로 넘어간 타인 추천으로 통과한 선생님을 제외하면 승리한 건 마스터와 세가와뿐.

온라인 게임부의 여자들은 모두 무척 귀엽다고 생각했는데, 학교 전체가 참가하면 험난한 싸움이 되는구나.

"본선에 나가지 않게 돼서 다행이잖아요. 무대에 올라가지 않아도 되는데요?"

"그러게. 예선에 떨어진 사람은 아무것도 없으니까."

"그럼 세가와와 마스터의 응원만 열심히 하자고."

우리는 펜라이트라도 흔들까? 하고 이야기를 나눴다.

"아…… 잠깐 기다려줄래?"

그러나, 아키야마는 무척 말하기 힘들다는 듯이 끼어들었다.

언제나 쾌활한 이 사람답지 않은 모습이다.

"왜 그러시나요?"

"저기…… 그게…… 두, 두두둥!"

어째서인지 드럼 롤의 마지막을 입에 담고는, 아코를 척 가리켰다.

"기교제, 미스터 & 미스 콘테스트, 예선 제1위는! 2학년, 타마키 아코 양!"

……뭐?

"호에~."

아코는 들은 적 있는 이름이라는 표정으로 굳은 뒤—.

"저잖아요!"

"아코잖아!"

"아코라니까!"

1위? 어, 1위?! 톱으로 예선 통과?!

"어떻게 된 건가요오오오오오."

"무슨 일이 있었던 거야?!"

"굉장…… 아니 나, 아코한테 졌어?!"

"큭, 아코 군에게도 패할 줄이야……."

카오스가 벌어졌어!

"잠깐만요 잠깐만요. 절대로 이상해요! 왜 제가 들어간 거죠?! 뭔가 착오 아닌가요?!"

아코는 헉 하고 아키야마를 바라봤다.

"설마 세테 씨. 미스콘 실행위원의 권한으로 투표 조작을?!"

"안 했어!"

아키야마는 그럴 필요도 없잖아! 하고 필사적으로 고개를 내저었다.

그, 그렇지. 귀여운 건 틀림없으니까.

"그런데 아코는 실제로 귀여우니 뭐니는 둘째 치더라도, 귀여운 애라고 알려진 건 아니잖아? 그런데 1등?"

"확실히 이상하네."

직접 얼굴을 보고 투표하는 거라면 몰라도 예선이라면 사진 평판이 크게 영향을 준다.

거의 알려지지 않은 아코가 표를 얻은 건 부자연스러웠다.

"그건 저기…… 등록한 사진 때문 아닐까, 싶은데……."

그녀는 이거, 하고 휴대전화 화면을 내밀었다.

그곳에는 응모자 프로필과 사진이 찍혀있었다. 학생만 로그인할 수 있는 문화제 사이트여서 살짝 공개되는 것이다.

그곳에는 리얼충 챌린지 때 찍은 풍성한 밤색 헤어에 조금 부끄러운 듯이 미소를 지으며 카메라를 바라보는, 엄청 리얼충 같은 아코가 있었다.

아아, 과연…… 이건 안 되겠군요…….

"……너무 귀엽잖아."

"학교에서는 별로 보이지 않는, 친한 사람들한테만 보여주는 얼굴이네."

"화력이 있는 한 장이로군."

이건 사진 한 장으로 1위가 되는 것도 납득이 간다.

아키야마. 좋은 사진을 골랐구나.

"찍은 것도 준비한 것도 나지만, 조금 아코를 위협적으로 느꼈어."

아키야마가 위협적으로 느낄 레벨이라는 것에 감탄해야 할지, 과거에는 느껴본 적이 없는 거냐며 어이없어해야 할지, 애초에 아코 상대로 그런 라이벌 의식을 가지고 있었다는 것에 놀라야 할지 모르겠다.

"이, 이렇게 얼굴을 드러내고 즐거워하는 건, 제가 아니라고요!"

"그렇게까지 말할 건 없잖아."

아코는 거울 앞에서 웃는 연습 같은 건 하지 않으니까, 자기 미소에 익숙하지 않은 거겠지.

"어째서 이런 일이……."

"애, 애도를 표합니다……."

모처럼 인기가 생겼는데 아코는 슬퍼 보였다.

"저기, 지금이라도 사퇴는, 안 되나요……?"

"무리는 아니겠지만……."

아키야마는 복잡한 표정으로 말했다.

"예선 탈락한 사람 중에 우리 반 아이가 몇 명 있잖아. 그런데 예선에서 1위였던 아코가 사퇴하면…… 조금, 인상이 나빠진다고 할까……."

"이기고 도망친 셈이니까."

"그냥 이기고 도망쳤다고 해도 돼요!"

아코는 알 바 아니에요, 하고 고개를 내저었다.

"그럴 경우, 예선 11위인 사람이 본선에 올라가겠네."

"그걸로 가죠! 11위인 사람보고 나가라고 해요!"

"양보받은 11위 사람, 화내지 않을까……?"

세가와가 으으음, 하고 고개를 기울였다.

"본인한테 물어보면 어때?"

아키야마는, 우리 쪽으로 몸을 빙글 돌려서 말했다.

"예선 11위, 아깝게 낙선한 사람은…… 1학년, 후타바 미캉 양!"

"……저?"

호명된 후타바가 눈을 동그랗게 떴다.

그, 그렇군. 나 같은 녀석과 달리 후타바는 아슬아슬하게 낙선했구나.

"귀엽다, 지켜주고 싶다, 여동생 삼고 싶다, 그런 의견이 꽤 많았어. 하지만 거기서 카미미야하고 표가 갈려서 11위가 됐어."

"그럼 제가 사퇴하면 미캉이 본선에 나갈 수 있게 되네요."

아코는 싱글벙글, 진심으로 기쁘다는 듯이 말했다.

잠깐만, 아코. 잘 생각해봐. 상대는 후타바라고…….

어른스러운 외견과는 반대로, 우리 중에서 제일 무투파인 후타바 미캉이란 말이야.

"미캉. 미스콘 열심히 해주세요!"

웃으며 말하는 아코의 어깨를 후타바가 꽉 잡았다.

"타마키 선배."

"네?"

"사퇴하면 평생 원망할 거예요."

"후에에에에에엣?!"

뭐, 후타바는 이렇게 말하겠지!

"미캉, 양보받은 승리 같은 건 죽어도 원하지 않는 타입이잖아."

"동정으로 본선에 나갈 바에는, 억지로라도 선배를 끄집어낼 거예요."

"아우아우아우아우아우."

"반드시 끄집어낼 거예요."

"하우우우우웃."

도망칠 곳을 잃은 아코가 흰자위를 드러냈다!

이거 좀 곤란해졌네. 교내의 평화를 위해서, 후타바의 명예를 위해서 아코는 사퇴할 수가 없게 되었다.

"참가자가 열 명 이상이 된 타이밍에서, 예선이 시작되기 전에 사퇴했어야 했던 거다."

"완전히 마음을 놓고 있었어요……."

사퇴하려고 해도 이렇게 되면 이미 늦었다.

으~음, 예선에서 아코가 최하위였다면 문제가 없었겠지만…… 예선 1위니까.

"저기, 참고로 아코가 우승할 가능성은 있어 보여?"

"이 사진이 기적의 한 장일 수도 있지만……."

실행위원 아키야마는 뭔가 납득한 표정으로 말했다.

"코멘트가 남편이 있으니까 우승 같은 건 흥미 없어요, 였거든. 이것 때문에, 표를 준 사람도 흑심 같은 건 없다는 느낌이 난단 말이지."

"그런 걸 적었었냐."

"그치만 흥미 없었는걸요."

명백하게 어필용 코멘트가 아니잖아.

"그런데, 그래서 표가 늘어나 버렸나……."

"여자아이의 라이벌은 되지 않으니까."

"니시무라가 있으니까, 아무리 유명해져도 해가 없잖아……."

아코의 인기가 올라간다고 해도, 남친이나 짝사랑 상대를 빼앗기지는 않는다고 생각하는 건가.

"그리고 라이벌이 되어버린 아카네는 어떠냐면…… 표를 준 건 같은 학년 여자랑, 각 학년의 오타쿠 같은 남자가 많아서……."

"으극."

세가와가 가슴을 누르고 신음했다.

뭐, 이 트윈테일에, 귀여운 목소리에, 작은 체구니까.

"표를 준 게 오타쿠인 건 어쩔 수 없을, 지도 모르겠네……."

자각은 있는지 세가와는 쓰라린 표정을 지으면서 받아들였다.

"……어라. 그렇다면 세가와가 스테이지에 올라가서 오타쿠 싫다고 내뱉으면…….”

“오타쿠 표는 줄어들 거야. 그 표가 흘러가는 곳은…….”

“취미는 온라인 게임이라고 주장하고, 코스프레를 하고 나타난 아코인가…….”

지금 만들고 있는 아코의 힐러 의상도 귀여우니까, 표를 가져갈 것 같네.

“차라리 인형탈 같은 걸 쓰고 나가면…….”

“힘을 빼는 건 용납 못해요.”

“미카아아아앙!”

후타바는 그렇게 무르지 않다고!

반쯤 울상인 아코에게 고개를 내저으면서 말했다.

“진 사람은 모두, 제대로 하라고 생각할 거예요. 이상한 짓을 하면, 화내요.”

“……네.”

그, 그렇지. 정론이네.

자신은 예선에서 졌는데 본선에서 그 상대가 힘을 빼고 있으면 그야말로 원망할 거다.

하물며 예선 1위, 아코답게 제대로 싸워야지.

“그렇다면, 아코의 라이벌은 나로군!”

마스터가 흥, 하고 포즈를 잡았다.

응. 일반적인 미스콘이라면 마스터는 우승이 틀림없을 거다.

정통파 미인. 장신에 스타일도 좋고 휘감고 있는 분위기는 늠름하다. 그야말로 미스콘 여왕이라는 느낌.

일반적이라면— 그래. 일반적이라면 말이지.

"확실히 마스터는 우승 후보, 겠지……."

"……응. 일반적이라면 분명 쿄우 선배가 이기겠지만……."

"왜 둘이서 그런 복잡한 표정인 거냐?"

그도 그럴 게—.

"마스터가 이기는 미래를, 도저히 상상할 수가 없어……."

"쿄우 선배, 평범하게 출전할 거야……?"

"말이 너무 심하잖나!"

어딜 봐도 완벽한 미녀인데 본선에서는 절대 표를 받을 수 없을 것 같은 분위기.

그리고 본선에서 터무니없는 짓을 벌일 것 같은 예감.

솔직히 마스터는 이길 것 같지가 않다.

"다른 애는? 우리가 모르는 숨겨진 미인이 잔뜩 있지 않아?"

"물론 있지만, 그래도 제일 우승할 것 같은 건……."

"아코, 인가……."

"크아즈으으그르효어어억."

"아코가! 아코가 쓰러졌어!"

뭔가 이해할 수 없는 말을 내뱉으며 쓰러졌다!

정신 차려! 아직이야. 아직 괜찮다고!

"어떻게 해야…… 하나요……."

"진정하고 생각하자. 만약 우승해버리면 뭔가 곤란해?"

사실 세가와에게 오타쿠 싫다 선언을 시키기 위해서 미스콘 개최에 협력했을 뿐이다.

우승하는 건 누구든 상관없다. 그야말로 아코라도 좋다.

"그냥 우승하지 그래?"

"싫어요오. 괜히 눈에 띄면 노려보는 사람이 늘어나고, 지옥 같은 학교생활이 아우아우아우아우."

아코가 이를 딱딱 울리며 떨고 있잖아!

정신 차려! 아직 상처는 깊지 않아!

그러나 그런 우리에게 마스터가 말하기 힘들다는 듯이 입을 열었다.

"그, 그것만이 아니다. 실은 미스콘 우승자에게는 특전이 있다."

"특전……이면, 좋은 거 아냐?"

"일반적으로는, 말이지."

"일반적, 이라는 건, 우리에게는 좋지 않은 건가……?"

"음……."

마스터가 떨떠름한 표정으로 말을 이었다.

"요 몇 년 동안 개최되지 않았기 때문에 다들 모르겠지만, 미스콘 우승이라는 건 꽤 명예로운 일이다."

뚜벅뚜벅 걸어가더니 책장에서 책자 하나를 꺼냈다.

"먼저, 이 표지를 장식하게 되지."

마에가사키 고등학교 학교 안내, 라고 적힌 학교 팸플릿.

표지에는 학교를 정면에서 비춘 사진이 쓰였다.
그리고 사진 속, 교문 옆에는 아름다운 자세로 서 있는 마스터의 모습이 있었다.
"저기…… 지금은 마스터가 작게 비치고 있는데……."
"미스콘 우승자가 이 모델이 된다."
"뭐어?! 그건 학생회장이 하는 거 아냐?"
"이 학교는 명색이 사립 고등학교다. 학교의 얼굴이 되는 건 역시 아름다운 학생이어야 하는 법이지."
"그런……."
"물론 학생회장의 사진도 사용하니까, 지난 2년 동안의 팸플릿에는 내 사진이 많이 실렸다."
마스터는 민폐스러운 이야기지, 라며 눈살을 찌푸렸다.
적어도 자신에게 자신감이 있는 그녀라면 문제없이 맡을 수 있겠지만―.
"아코가 우승하면, 학교 팸플릿 표지에 실린다는 거네……."
"절대로 싫어요~!"
"오히려 학교의 간판이 된다는 게 올바르겠지."
마스터는 아코의 어깨에 손을 올렸다.
"문화제에서는 후야제 스테이지에 오르게 될 거고, 교내에 게시되는 포스터의 모델이 될 거다."
"에에에에엑?!"
"그야말로 학교의 아이돌이라는 느낌이네……."

아키야마조차도 웃는 모습이 딱딱했다.

"그렇다면, 이대로 가면……."

세가와가 굳어진 표정으로 말했다.

"아코는 나 때문에 미스콘에서 우승하고, 학교의 아이돌이라는 칭호를 받은 채 남은 학교생활을 보내게 된다는 거야?"

"무리에요! 사퇴, 사퇴할게요!"

"안 돼요."

"안 되지 않아요!"

"선배를 위해서라도, 안 돼요."

"미캉!"

이 무슨 지옥……!

역시 미스콘은 지옥이었다……!

"으으…… 오타쿠한테 표를 받지 않고 우승하는 방법…… 오타쿠한테 아양 떨지 않고 착취하는 방법……."

"일반적이라는 건 무엇인가…… 뭘 해야 아랫것들과 수준을 맞출 수 있는 거냐……."

"두 사람 다, 이미 윗사람의 입장이네."

두 사람은 어떻게든 아코를 지게 만들고 자기가 우승하기 위한 대화를 나눴다.

그리고 나와 아코는 정반대 방향으로 고민했다.

"우우우, 이기고 싶지 않아요."

"설마 평범한 차림을 한 아코가 그렇게 인기 있을 줄이야."

"실패했다실패했다실패했다실패했다."

"무섭잖아."

"분명 다들 기고만장한다, 짜증 난다, 밥맛이다, 그렇게 말하며 백안시해서아우아우아우아우아우."

"괜찮아! 우리 반에는 나도 세가와도 아키야마도 있잖아!"

"내년에는 어쩔 건데요오오오오!"

"확실히 그건 그래!"

우리가 언제나 곁에 있다고 보장할 수는 없지!

그러나 일회성 인기로 모인 관심은 바로 질려서 떨어져 나갈 거다.

남는 건 수수한 주제에 기고만장하고 눈에 띄었다며 아코를 싫어하는 사람 정도…….

그리고 아코는 세가와나 마스터처럼 정면에서 싸울 에너지가 없으니까.

"그 상태에서 학교의 아이돌 같은 걸 하게 되면……."

"이제 죽을 수밖에 없잖아요……!"

"죽는 건 안 돼!"

이건 전력을 다해 어떻게든 해야겠어!

"패배해야 해. 패배해야만 한다고……!"

"패배해야만, 하겠네요."

그것밖에 없다. 패배하자. 우리는 서로 고개를 끄덕였다.

"좋아. 작전을 세우자! 무슨 수를 써서든, 전혀 화제가 되는 일 없이 자연스럽게 지는 거야!"

"잘 부탁드립니다!"

아코, 미스콘 패배 작전 개시다!

다음 날 아침.

나는 조금 졸린 눈을 비비면서 자리에 앉아 아코를 기다렸다.

"오늘부터가 승부야……."

문화제 본선까지 별로 시간이 없다.

확실하게 패하려면 하루도 낭비할 수 없어.

—패배하기 위해 필사적으로 노력하다니, 영문을 모르겠다.

"니시무라. 뭔가 좋은 아이디어라도 있어?"

"아코의 인기, 역시 높은 것 같더라. 숨겨진 미소녀라는 게 반향을 모으는 것 같아……."

세가와와 아키야마가 그런 말을 하면서 다가왔다.

"훗훗훗. 우리는 이미 준비를 마쳤다고."

"거짓말. 어떤 건데?"

"이제 곧 올 것 같은데……."

이야기하는 사이, 문이 드르륵 열리는 소리가 났다.

그리고, 타탁타탁 작은 발소리가 들리더니—.

"……좋은 아침이에요."

오, 아코도 왔나. 준비는 완벽한 것 같네.

"아아, 아코. 마침 너의……."

"어, 아코……?"

두 사람은 아연실색했다.

훗훗훗. 놀랐지!

그랬다. 그곳에 있는 건 어제까지의 귀여운 버전 아코가 아니다!

평소 이상으로 앞머리를 내리고 그 속에는 커다란 검은테 패션 안경.

게다가 레어 아이템인 검은 마스크까지 쓴, 퍼펙트하게 인기 없어 보이는, 검은색으로 통일한 아코였다!

"어울리나요?"

조금 쑥스러운 목소리로 말하고 있지만 얼굴이 안 보여서 정말로 쑥스러워하는 건지도 알 수 없었다.

이야~, 이건 인기가 없겠군요. 미스콘 최하위 확정이네!

"좋았어 아코, 완벽해."

"에헤헤헤헤."

목소리는 웃고 있지만 역시 표정은 안 보인다.

역시 좀 지나쳤나?

"……어울리는지, 어울리지 않는지 물으면, 열 받을 정도로 어울리긴 하네."

"아코의 이미지 그대로네."

아키야마는 쓴웃음을 짓고 아코의 머리를 툭툭 두드렸다.

"빌려준 가발은 어쨌어?"

"두고 왔어요! 오늘부터 미스콘까지는 이 모습으로 지내려고 해요!"

아코는 의기양양한 목소리로 단언했다.

촌스럽고 귀엽지 않은 검은색으로 통일했으니까, 이거라면 분명 인기가 사라질 거다!

—그렇게 생각했던 게, 어설펐다.

"잠깐 타마키, 뭐야 그게?!"

"왜 그렇게 촌스럽게 변했어~?"

아코가 터무니없는 모습으로 변하자 반 여자아이들이 모여들었다.

그중에는 예선에서 떨어졌지만 미스콘에 나가준 카오와 마에카와도 있었다.

"아코, 이거 일부러 그런 거야?"

"네. 이러면 질 것 같아서요."

아코가 그렇게 말했다.

"카오."

"웃키."

두 사람은 순간적인 아이 콘택트를 나눈 뒤—.

"으랴압!"

"에~잇."

"냐우우우우웃."

갑자기 아코를 공격하기 시작했다?!

머리를 확 걷어버리고, 안경을 들어 올리고, 마스크를 빼앗았다.

"잠깐, 뭐 하는 거야!"

"에잇에잇에잇"

"냐우냐우냐우냐우냐우."

둘이서 달려들어서 머리털을 스륵스륵 포개나갔다.

점점 한데 모이는 긴 머리를 이중으로 모은 그물 같은 걸로 고정하고…….

"어어…… 이거면 되겠어!"

카오가 가방에서 검은 쇼트 가발을 꺼냈다.

그게 아코의 머리 위에 탁 올라갔다.

앞머리를 일자로 가지런히 자른, 진지해 보이는 머리 모양이다.

"그러고 조금만 정돈해서!"

눈가나 눈썹을 살짝살짝 손대니…….

"자, 오케이!"

"완성~!"

단숨에 조금 성실해 보이는 미소녀로 돌변한 아코가 완성되었다!

이건 안 돼! 귀엽잖아!

"안 돼요오오오오오!"

"왜 싫은데? 아까보다 훨씬 어울리잖아!"

"아코는 우리 몫까지 열심히 해줘야지~."

두 사람은 그렇지? 하고 말했다.

그, 그렇겠지? 자기들을 떨어뜨리고 본선에 나간, 그것도 1위였던 아코가 일부러 지려고 하면 좋은 기분은 아닐 거다.

크, 두 사람이 같은 반인 이상 외모를 수수하게 만드는 작전은 쓸 수 없나…….

"아우아우아우, 이런 건 제가 아니라고요오."

"다른 작전을 생각할 수밖에 없겠어."

그럼 다음 수단이다!

"저기저기, 잠깐 괜찮아?"

"우왓? 뭐야, 미스콘 낙선한 니시무라."

"시끄러워. 밑에서 3위라고. 무지 건투했잖아."

내가 말을 건 것은 우리 반 남자 그룹이었다. 남의 일처럼 말했지만 그래도 같은 반 소속에 친구이기도 하다.

"아니, 나보다는 아코에 관한 건데, 그 녀석도 미스콘에 나가니까."

"알아알아, 예선 1위였다며? 굉장하잖아."

"오~, 부인 축하~."

남자들이 와글와글 축하해줬다.

"다른 반이라면 별로 흥겹지 않았겠지만, 우리 반에서 나가면 또 다르지."

"실제로 옆 반은 조용하니까."

타카사키를 포함해서 다른 반에 지인이 많은 남자가 말했다.

두 사람— 선생님을 넣으면 세 사람이나 나가니까 우리 반은 다른 곳보다 미스콘 화제로 떠들썩했다.

즉, 아코의 제일 큰 지지층은 우리 반 남자—일 것이다!

제2의 작전, 라이프에 다이렉트 어택이다!

"이야~, 타마키는 꾸미면 빛날 줄 알았다니까."

"그쪽은 어떤데? 남편."

"아니, 아코는 전혀 꾸미지 않았다고 생각하는데."

원석 그대로니까.

"그보다, 가끔 진짜로 꾸미고 나오면 저 정도가 아니라고. 무지 귀엽다니까."

"사진."

"공유, 빨리."

"안 돼, 공유할 수 없어!"

"젠장. 타마키의 사진이라니, 가격이 많이 올라갈 것 같은데."

"그러게. 니시무라, 이제 부인의 인기가 폭발하면 어쩔래?"

"그래, 문제는 그거라고!"

역시 우리 반, 잘 알고 있잖아!

"주변에 있는 꽃미남한테 빼앗기면 어쩌나 엄청 불안하다고."

"N, T, R! N, T, R!"

"그만둬!"

재수 없잖아!

"엔티알이 뭔데?"

"뺏고 빼앗기는 거."

"오오……."

"괜찮겠다는 표정 짓지 마 진짜로 화낸다."

아코에게 손대는 남자는 절대 용서 못해.

"아코를 빼앗긴 나는 이제 지킬 게 없으니까, 무슨 짓을 저지를지 모른다고."

"위험한 소리 하지 마."

사실이니까 곤란하지 않거든.

"그러니까, 아코한테 괜히 인기가 생기지 않도록 모두 다른 후보를 응원해줬으면 좋겠어."

부탁이야! 하고 고개를 숙였다.

그러나—.

"아……."

"으음……."

"그렇게 말해도 말이지?"

어? 부탁할 수 있을 것 같았는데 의외로 리액션이 별로였다.

"안 돼? 왜?"

"아니, 딱히 상관은 없지만……."

"우리는 타마키파인 것도 아니니까."

"그보다 우리 반 남자는 타마키한테는 표를 안 주지."

"어."

같은 반인데 어째서?!

"어차피 니시무라가 있으니까."

"적어도 제대로 된 대화가 성립된다면 모를까."

"난 아직 타마키하고 세 마디 이상 대화한 적이 없어."

"거의 대답도 안 하고……."

"우리 아코가 정말 미안."

우리 반 남자도 안 되는 거냐, 아코…….

"그렇다면, 다들 누구한테 줬는데?"

"세가와한테 줬지."

"여자애들한테 부탁받았으니까. 응원해달라고."

"그렇구나…… 응. 세가와는 잘 부탁드립니다……."

설마 제일 가까웠던 우리 반이 전혀 응원하지 않았다니.

그렇다면 아코의 지지자는 누구지? 아코를 본 적도 없는 사람?

그러면 어떻게 움직여야 하는 거냐고.

"진짜로 곤란하네……."

아코 패배 작전은 빠르게도 암초에 맞닥뜨렸다.

"으~음. 떠오르지 않네……."

"어떻게 하죠?"

점심시간. 우리는 매점에서 산 도시락을 둘이 먹으면서 끙끙 골머리를 앓고 있었다.

기본적으로 아코는 여자와, 나는 남자와 밥을 먹지만 할 말이 있으면 그냥 둘이서 먹기도 한다.

하지만 이렇게 교실에서 단둘이 점심을 먹는 상황에도 진정이 안 될 만큼, 눈앞의 아코는 정통파로 귀여웠다.

"내 신부가 이렇게 귀여울 리가 없어."

"루시안도 언제나 멋있는데요."

"그런 빈말을 요구한 게 아니라고!"

"빈말 아니라고요오."

아코, 미적 감각이 이상해진 거 아니야?

"으~음. 적을 마구 만들어서 억지로 져버리는 방법은 있겠지만……."

"그거, 더더욱 고생할 것 같은데요."

"그렇단 말이지."

무난하게, 자연스럽게, 어쩔 수 없는 느낌으로 패배하는 건 어렵단 말이야.

『아, 재 아니야?』

『진짜다, 귀여워!』

『오늘은 흑발이네.』

문득 그런 목소리가 귀에 들어왔다.

입구 쪽에서 낯선 남자 몇 명이 이쪽을 보고 떠들고 있었다.

아마 3학년이겠지.

"……응? 왜 그러시나요?"

"아냐……."

아코는 눈치채지 못하고 방긋 웃으며 고개를 갸웃했다.

내가 상대라서 그런지 무의식적으로 조금 귀여운 동작을 취한 것 같다.

그러자 오오, 하고 작은 목소리로 환성이 나왔다.

역시 아코를 보러 온 건가…….

이런 사람까지 생기다니 급하게 어떻게든 해야 한다.

"뭔가 작전이 없을까……."

"제가 귀엽지 않다는 걸 알아주면 될 텐데요."

"말은 그렇지만……."

외모를 귀엽지 않게 하는 작전은 방해하니까.

인기를 없애려면 어떻게 해야 할까?

아~, 안 떠올라~!

"전혀 상관없긴 한데, 매점 도시락은 별로 맛 없네요."

도시락밥을 입에 우물우물 넣은 아코가 말했다.

진짜로 상관없는 이야기였지만 참으로 동감입니다.

"이해해. 특히 밥이 미묘하단 말이지."

"맞아요. 밥을 잘못 지었고, 조금 짓눌렸잖아요."

"식으면 참 유감스러운 식감이 되지."

배고프니까 먹긴 하겠지만…….

"역시 도시락을 만들어 올 걸 그랬어요."

"아코가 만들어주는 게 훨씬 맛있으니까."

『요리도 할 수 있구나.』

『저 녀석한테 도시락 만들어주는 거야?』

또 소곤소곤 말소리가 들려왔다.

진짜 당장 돌아가 줬으면 좋겠는데.

"아~, 그래도 힘들 텐데 일부러 만들어줄 필요는 없어."

도시락도 만들 수 있는 아이라는 좋은 이미지를 주지 않기 위해 말했다.

"사전에 준비를 해놓으니까 그렇게 힘들지는 않은데요."

아코는 한심한 표정으로 말했다.

"도저히 아침에 일어날 수가 없어서 그렇죠……."

그, 그러십니까.

뭐, 늦게까지 온라인 게임을 하다가 일찍 일어나서 도시락을 만드는 건 무리지.

"아침의 이불은 강적이니까."

"정말로 밸런스 조절을 실수했어요."

"힘들면 진짜로 만들어줄 필요 없는데."

만들지 않는다고 정해지면 다시 엄마한테 부탁하거나, 편의점에서 살 수도 있으니까.

"아뇨. 만들 수 있을 때는 만들고 싶으니까, 도시락은 가져오지 말아 주세요."

"……내 점심밥, 아코의 변덕만으로 정해지는 거냐……."

매달 재료비도 주고 있는데.

"뭔가 친절한 것 같으면서도 굉장히 제멋대로 아니야?"

"부부는 상부상조잖아요!"

"도와줄 필요 없다고 하는데도 기분 내킬 때만 도와주면서!"

가사 스킬 기능을 가지고 있지만 발동이 랜덤이라서 정말 곤란하다.

역시 일상적으로 사용하는 스킬은 안정감이 제일 중요하다고 생각합니다.

"결혼해도 아침만큼은 차려줄 자신이 없어요……."

"일할 생각이 없으니까 그렇지."

그런 대화를 나누던 중, 갑자기 그 3학년의 말소리가 들리지 않게 되었다.

어떻게 된 건가 싶어서 바라보니—.

『………….』

『……………….』

왠지 미묘한 표정으로 서로의 얼굴을 마주 보고—.

『돌아가자.』

『그래.』

잽싸게 돌아가 버렸다.

뭐지? 그냥 평소와 같은 대화였는데…….

"혹시 지금 대화를 듣고 어이없어서……?"

"아까부터 왜 그래요?"

"……그래. 그런 거였나!"

외모를 바꾸는 것보다 좀 더 알기 쉬운 작전이 있었다.

아코 본인도 말했잖아. 자기를 보면 실망한다고.

"아코, 새로운 작전이야!"

"어, 어쩔 건데요?"

"오늘부터 좀 더 친근하게 이야기하자!"

"후엣?!"

『귀엽고, 성실해 보이네.』

『뭔가 어긋난 느낌도 아니고, 한결같아 보이니까.』

그런 대화가 들린 바로 직후—.

"니시무라. 영어 숙제, 돌아온 거 여기 있어!"

"아, 고마워."

선생님이 돌려보낸 여름방학 숙제를 배포 담당인 여자아이가 가져다주었다.

"니시무라 니시무라. 타마키 굉장하지 않아? 미스콘도 우승할 수 있을 것 같은데?"

"나로서는 진짜로 우승한다고 생각하면 무서운데."

"니시무라와 어울리지 않으니까?"

"시끄럽거든."

가볍게 흘려버리면서 대화를 마치고 숙제를 받은 뒤 이탈했다.

까놓고 말해서, 지금 여자아이의 이름도 모릅니다!

"루~시~안~."

"힉?!"

뒤에서 매우 원망스러워하는 목소리가 들려왔다.

"즐겁게 대화하고 있던데요~."

"방금의 대화 내용에 질투할 요소가 있었어?"

"다른 여자랑 이야기만 해도 질투 게이지가 올라가거든요."

"그 시스템 민폐인데, 수정해주지 않을래?"

"루시안 주변의 여자는 저만 있는 걸로 수정하면 고쳐질 텐데요."

쉭쉭, 하고 수수께끼의 잽을 날리며 말했다.

"얀데레 같은 소리를 꺼냈네."

"무슨 소리예요."

아코는 무리무리, 하고 고개를 내저었다.

"얀데레 같은 그런 큰일을 제가 할 수 있을 리 없잖아요."

"큰일이라서 무리라니 무슨 소리야?!"

얀데레는 정신적인 거 아니었어?! 물리적인 문제였던가?!

"그치만 얀데레는 좋아하는 사람을 감금해서 계속 부양한다든가, 내가 전부 할 테니까 아무것도 안 해도 된다든가, 당신을 언제나 보고 있으니까 전부 알고 있다든가, 어떤 상황에서도 지켜줄 테니까 떨어지면 안 된다든가, 그런 느낌이잖아요."

"이미지야 그렇지."

아코가 구체적인 소리를 하니까 굉장히 무섭다.

"이상적이라고 생각하긴 하는데요."

"생각하지 말라고."

"정말로 이상적인 건 틀림없긴 하지만요."

"중요한 일 아니니까 두 번 말하지 마."

아코는 내 의견을 가볍게 무시하고 주먹을 쥐며 분한 듯이 말했다.

"저한테는, 그런 자금력도 실력도 기력도 없어요! 무리에요!"

"……그런 말을 듣고 보니, 확실히 얀데레는 큰일일지도."

사람 한 명을, 정말 모든 면에서 아무런 부자유 없이 자신에게 의존하는 생활을 시킬 각오가 필요하니까.

나는 무리라고 생각한다. 그런 것은 힘들다.

"하는 쪽은 높은 스펙이 아니면 힘들겠네."

"루시안은 사랑하지만, 그렇게 힘낼 수는 없어요."

"할 수 있다면 인간이 아니라고."

하지만 힘들어 보여서 얀데레가 될 정도로 노력할 수 없다니, 꽤 파괴력 있는 대사구나.

"루시안이 저한테 얀데레가 되어준다면 대환영인데요."

"그만둬."

"그러니까 저기, 제가 곤란하지 않은 범위에서 딱 알맞게 마일드 얀데레로 갈게요."

"그냥 어리광 아니야?"

"에헤헤헤헤."

『……부러, 워?』

『귀찮아 보이는데…….』

『쟤, 취미는 온라인 게임이라고 적었더라.』

『게임하는 여친이라니 좋겠네. 같이 드헌 같은 거 하고 싶어.』

그런 목소리가 들려왔다.

"아코. 드헌 신작 나온다는 이야기, 전에 했었지? 흥미 있어?"

"잠깐 영상 정도는 봤지만……."

"전에 한 번 했었으니까, 이번에는 제대로 해보지 않을래?"

"우우, 액션 게임은 서툴다고요."

"나도 별로 경험은 없으니까 같이 해보자."

"우우우…… 헉!"

아코는 머리 위에 전구가 반짝 빛난 것처럼 뿅뿅 뛰었다.

"그 게임은 협력 플레이잖아요."

"그게 재미있잖아."

"그렇다면 저는 싸우지 않아도 괜찮지 않을까요!"

"기다려."

협력하는 게 즐겁다고 했잖아!

"그게, 발목을 잡으니까요."

아코는 그러니까, 하고 기쁜 듯이 검지를 세우고 말했다.

"루시안이 노력하는 모습을 응원하고, 소재가 모이면 장비를 갖춘 뒤에 연습하면 되는 거예요!"

"장비를 완성한 지뢰가 만들어지잖아!"

『대놓고 캠핑하는 여왕벌 헌터…….』

『그건 좀…….』

정말로 어려운 일이 아니었다.

아코와 빈번하게 대화를 하게 되고 고작 며칠 뒤—.

"……니시무라, 어떻게 한 거야?"

아키야마가 기쁜 건지 곤란한 건지, 뭐라 말 못할 표정으로 말했다.

"왜 그러시나요?"

"비공식 소문인데, 아코의 인기가 엄청난 기세로 내려가고 있어."

"……그렇겠지."

좋았어, 작전 성공!

해냈어 아코. 팬이 줄어들었어!

"무슨 일을 한 거야?"

"특별한 일은 아무것도 안했어. 그저 아코와 자주 대화를 나눴을 뿐이야."

"꽁냥거렸더니 인기가 떨어졌다고?"

"아뇨. 꽁냥거렸다기보다는, 일상 대화를 했어요."

"그런데 어째서 인기가……."
아키야마는 잠시 말을 멈추고는 아~, 하고 납득했다.
"그렇구나. 떨어지겠네……."
"그야 떨어지지요."
외모는 주변의 협력을 받아서 그럭저럭 꾸밀 수 있지만 알맹이는 아코다.
공부하라고 하면 주부가 될 거니까 안 한다고 말한다. 주부가 되고 싶지만 아침에는 못 일어날 거라고 한다.
사랑이 깊은 대신 질투심도 많고 독점욕이 강하고, 모르는 사람이 말을 걸면 여유롭게 완전 무시.
취미인 게임조차도 하다가 잠드는 등의 지뢰 플레이를 펼치는데 미안하다고 여기지 않는 것이 타마키 아코다.
본인도 자각하는 대로 내면을 알게 되면 그야 실망하겠지.
"괜히 예선 1위여서 주목이 쏠렸으니까, 바로 퍼지겠지."
"그게 아코라고 생각해서 익숙해졌지만, 얼굴만 좋아하게 된 사람은 실망하겠네."
아키야마는 그보다, 하고 고개를 갸웃했다.
"니시무라는 그런 아코라도 괜찮은 거야?"
"나는 문제없습니다."
아코가 마이페이스인 건 원래 그러니까 신경 쓰지 않고, 질투심이 많은 것도 독점욕이 강한 것도 안심할 수 있으니까 딱히 상관없고, 커뮤니티 능력이 없는 건 나도 마찬가지고.

"아코는 여러모로 엉뚱하지만, 의외로 내 이야기는 들어주니까."

"그렇지…… 오히려 니시무라 말고는 아코를 제어할 수 없으니까……."

아키야마는 뭔가 떠올랐는지 씁쓸한 기억을 되새기듯 말했다.

"여러모로 유감스러운 부분은 있지만, 사실 난 그런 부분도 좋아하니까!"

"방향성이 어긋나면 공의존(共依存)이 될 것 같네……."

"그건 믿음직한 파트너와 멀쩡한 길마가 제어해주잖아."

사회성을 잃기 전에 궤도 수정을 해주는 귀중한 동료가 있다.

그쪽도 정기적으로 이상해지니까 피차일반이지.

"그러니까 아코는 걱정할 것 없이 안심하고 문화제에 집중할 수 있겠어."

"아코의 귀여움을 퍼뜨린다는 야망은 성공했으니까, 문제없나."

"그런 걸 꾸미고 있었습니까……."

후우, 이거야 원.

"이제는 아코를 신경 쓰던 세가와에게도 가르쳐줘야겠네."

"아…… 아카네 말인데."

아키야마가 조금 표정을 흐렸다.

"웬일로, 조금 고민하는 것 같더라."

††† ††† †††

레전더리 에이지의 중심, 제도 로드스톤.

그중 한곳, 유저 홈이 늘어선 지역에 고양이공주 성이라는 이름이 붙은 커다란 성이 있었다.

정상에는 테라스가 있어서 그곳에서 제도를 한눈에 바라볼 수 있다. 지금은 유명한 관광지다.

그녀의— 그의 모습을 저녁해가 비치는 테라스에서 발견했다.

◆루시안 : 또 영문 모를 곳에 있네.

◆슈바인 : ……루시안이냐.

천천히 일어선 슈는 테라스 밖을 바라보며 말했다.

◆슈바인 : 무슨 볼일이야? 이 몸은 생각할 게 있다만.

뭔가 고민하는 중에 미안하지만 아코에 대해 이야기해야 해서 말이지.

일반 채팅에서 개인 채팅으로 바꿨다.

◆루시안 : 미스콘 일로 조금.

◆슈바인 : 아코 말이냐?

◆루시안 : 그래. 미스콘에 나가는 아코 말인데, 실은.

◆슈바인 : 아니, 잠깐 기다려.

◆슈바인 : 아, 잠깐만 기다려봐.

일부러 평소 말투로 고친 슈는 채팅에 알파벳 문자열을 늘어놓았다.

◆슈바인 : 먼저 이걸 봐봐.

아, 이거 URL인가.

무슨 페이지지? 이상한 사이트는 아니겠지?

◆루시안 : 이거 열어도 괜찮은 거야?

◆슈바인 : 괜찮으니까.

◆루시안 : 그럼…….

열어보자, 그곳에는 『기교제 미스콘 종합 Part4』라는 제목이 있었다.

뭐야 이거! 무슨 게시판이야?!

◆루시안 : 설마 이거, 학교 비밀 사이트 같은 거야?!

◆슈바인 : 그 낡아빠진 예시는 뭐야. 평범한 오픈 게시판이야. 우리가 입학하기 훨씬 전부터 있었대.

◆루시안 : 본 적도 없는 사이트인데…….

왜 나는 몰랐지? 친구가 없어서인가? 그런 건가?

◆루시안 : 그래서, 이게 어쨌는데?

◆슈바인 : 보면 알아.

흐음. 어디어디?

열어보니 처음에 적혀있는 건—.

본선 출전자 일람

세가와 아카네

아카네 귀여워 아싸~!

단신에 트윈테일, 무지 귀여운 목소리로 독설을 내뱉는, 일부에서는 유명한 2학년.

특수한 성벽을 가진 남자에게 크리티컬 히트하는 데다 여자들에게도 인기가 높다.

움직이는 모습이 종종 눈에 띄기 때문에 「걔냐!」라고 납득하는 의견 다수.

미스콘 열심히 하라고 응원하니까 고마워! 라고 웃어줬지만 본인한테 들이대는 건 민폐 끼치지 않는 범위로 할 것.

고쇼인 쿄우

해냈다, 우리들의 학생회장(전).

지금 학생회장보다 학생회장 대접을 받는 학생회장(전).

수영복 심사를 요구했다가 퇴짜를 맞았다는 미확인 정보 있음. 어째서 학생회장 때 말하지 않았던 건가 회장(전).

지명도 발군, 스타일 발군, 외모도 불만 없는 미녀인데 게시판을 아무리 거슬러 올라가도 개인정보가 하나도 나오지 않는 건 어째서인가. 정말로 학교에 존재하는 건가. 힘내라 학생회장(전).

타마키 아코

사전 평가 제로에서 예선 1위까지 도약한 신성. 가슴.

평소에는 수수한 엑스트라 계열 서브컬처 음침녀지만 변장한 모습과 가슴으로 남자를 매료.

남편이 있다는 의미 불명의 프로필은 진짜인지, 같은 부의 남친과 꽁냥대는 모습이 빈번히 목격되고 있다가슴.

◆루시안 : …………저기.

◆슈바인 : 전형적인 게시판 글이네.

◆루시안 : 엄청 낯익은 작성법인데, 이거 진짜로 학교 사이트야?

◆슈바인 : 관리하는 게 컴퓨터부라고 하니까. 그 녀석들의 취미겠지.

◆루시안 : 그렇군.

그건 납득된다.

그나저나 마침내 세 사람 모두 템플릿 입성인가. 딱히 신상 공개 게시판인 건 아니니까 상관은 없지만.

◆루시안 : ……이거, 아코한테는 보여주지 않는 게 좋겠네…….

◆슈바인 : 실제로는 가슴밖에 적혀있지 않으니까.

◆루시안 : 큭, 아코의 매력은 가슴뿐인 게 아니라고. 그보다, 내가 보기에 가슴은 덤이거든.

◆슈바인 : 어라, 너 빈유파였어?

◆루시안 : 아니, 그렇지는 않아. 너무 가슴가슴 생각만 하면 진짜로 만져볼까 하는 생각이 드니까 의식에서 지우고 있어.

◆슈바인 : 아코는 만진다고 화내?

◆루시안 : 조금도 화내지 않아. 그보다 조금 좋아해.

그러니까 위험한 거라고. 브레이크가 안 통하게 되니까.

◆루시안 : 진짜로 불평해볼까…….

◆슈바인 : 하지 그래? 그 정도의 권리는 있잖아.

◆루시안 : 안 해. 뭐라고 말해야 하는데?

◆슈바인 : 그건 내 가슴이다. 보지 마, 라든가.

◆루시안 : 명백하게 위험한 녀석이잖아!

◆슈바인 : 아코가 말할 것 같은 소리인데.

◆루시안 : 그렇겠지!

나는 아코의 것이고, 아코는 나의 것이라고 진지하게 생각하고 있으니까!

하지만 아코가 가슴으로 이기고 올라왔다는 취급이라니 분하다. 그것 말고도 엄청 귀여운데.

◆루시안 : 그 점에서 너는 가슴력이 없는데도 이겼으니까 굉장하네.

◆슈바인 : 내 가슴은 무력하다고 말하고 싶은 거야?!

◆루시안 : 그렇지 않습니다.

실례했습니다.

하지만 안의 사람이 세가와라는 걸 알게 되고 나서 이런 이야기는 거의 하지 않게 되었으니까, 왠지 그리운 느낌이다.

옛날에는 자주 섹드립 토크를 신나게 했었거든. 지금 생각하면 조금 흑역사지만…….

◆슈바인 : 밑에 더 봐봐. 다른 사람도 적혀있으니까.

◆루시안 : 으음, 잠깐 기다려.

사이토 유이

선생님, 친구 등록해주세요(템플릿). 노래하고 춤추고 소셜겜에도 강한 국어 선생님.

작년 문화제에서는 다른 교사를 이끌고 스테이지에 올라와 프로에게도 뒤지지 않는 실력으로 노래하고 춤추는 바람에, 아이돌 지망생이었던 3학년을 진학으로 진로 변경시킨 전설이 있음.

타인 추천에서 유일하게 본선에 진출한 게 납득이 갈 만큼 정통파 미인.

고양이를 기르고 있는지 가끔 고양이 말이 나온다. 귀엽다.

아키야마 나나코

회장 선거에 나왔던 무지막지하게 귀여운 아이는 안 나왔어? 라는 질문이 너무 많아서 템플릿 입성.

미스콘 실행위원이라 출전하지 않음. 어? 왜 안 나오는데?

미스콘에는 안 나왔지만 좀 더 귀여운 애가 있다는 말은 전부 이 아이니까 무시할 것.

타카이시 료카

해냈구나 우리의 학생회장(진짜).

1학년이지만 노력하는 학생회장. 전교생의 얼굴과 이름을 기억하고 있는지 소개하지 않아도 이름으로 불러주는 굉장한 사람. 굉장한데 학생회장(전)보다 학생회장답지 않아서 귀엽다.

노력가 학생회장에게 응원의 목소리가 많았지만 어째서인지 불참. 왜 안 나오는데?

◆루시안 : 본 적이 있는 멤버네.

회장(진짜) 인기 많구나. 하긴 노력하고 있으니까.

◆슈바인 : 보면 알겠지?

분한 듯이 주먹을 쥔 슈바인이 말했다.

◆슈바인 : 마스터, 아코와 비교하면, 내가 제일 미묘해.

◆루시안 : 그런, 가?

평범하게 응원해주는 것 같은데.

◆슈바인 : 지명도 제로부터 올라온 진짜 신데렐라에, 지명도로는 제일인 데다 지금 회장의 표도 가져올 수 있는 마스터잖아. 그에 비하면 나한테 있는 건 특정층 남자의 인기하고 친구의 우정표 정도야.

그녀는 분한 듯이 고개를 숙였다.

◆슈바인 : 게다가 나는 오타쿠 싫다는 선언으로 특정층 남자의 표도 버리려고 하고 있어.

◆루시안 : 그렇지.

확실히 오타쿠 밥맛 발언이 나오면 표는 줄어들 것 같다.

◆루시안 : 그럼 그만두면 되잖아.

◆슈바인 : 내가 오타쿠 싫다고 선언하게 해주려고, 다들 노력해서 미스콘 개최한 거잖아?

◆슈바인 : 그만두면 전부 헛수고가 되어버리잖아.

◆루시안 : 그럼 오타쿠 싫다는 선언을 하자고.

◆슈바인 : 그러다가 아코가 이겨버리면, 걔는 성가신 상황이 되어서 최악의 경우 학교에 못 오게 되잖아?! 그런 건 간과할 수 없어!

바로 그렇습니다! 잘 알고 있잖아!

◆슈바인 : 애초에 말이지. 아코한테 지는 게, 조금 분하다는 마음도 있어.

슈는 테라스 밖을 바라보고 말했다.

◆슈바인 : 그럼, 나는 아코가 걱정되니까 원만하게 지게 해주고 싶은 걸까? 아니면 그냥 아코한테 지는 게 싫은 걸까? 이것도 잘 모르겠어.

◆루시안 : ……슈바인 씨…….

왠지 진지한 분위기를 내고 있는데 미안하지만.

◆루시안 : 아코는 분명 질 거고, 마스터는 어차피 중요할 때 실패할 테니까, 신경 쓸 것 없이 아무도 곤란해지지 않은 채 끝날 것 같은데.

◆슈바인 : 그런 배려는 필요 없어. 이대로 가면 아코가 이겨버리잖아.

◆루시안 : 아니, 아코의 인기는 이미 수직 하락하고 있어.

◆슈바인 : 예선에서 1위였잖아.

◆루시안 : 그것도 이미 떨어졌다고.

◆슈바인 : 그렇게 간단히 손바닥을 뒤집지는 않는다고.

뒤집는다고! 벌써 획획 뒤집었어!

◆루시안 : 아~ 정말. 그럼 평범하게 승부해서 아코한테 이기면 되잖아!

◆슈바인 : 그럼 오타쿠 싫다는 말을 못하잖아!

으아아아아, 귀찮아!

슈바인답지 않게 확실하게 정하지 못하는구만!

◆루시안 : 알았어. 요컨대, 아코한테는 이기고 싶은 거지?

◆슈바인 : 이기고 싶어.

◆루시안 : 그런데 이기려면 스테이지에서 오타쿠 싫다는 선언은 못하고.

◆슈바인 : 맞아.

◆루시안 : 오타쿠 싫다는 선언을 하지 않으면 전부 헛수고가 되고, 슈바인 커밍아웃의 위기도 있지.

◆슈바인 : 맞아. 이제 플래그가 루프해서 빙글빙글 맴돌고 있어.

◆루시안 : 왠지 나 같네.

둘이서 외출했을 때 잠깐 말했던, 내 고민거리와 똑같은 상태였다.

◆슈바인 : 네 마음을 알겠어.

계속 고민했는지 슈는 피곤한 듯이 말했다.

정말로 아코를 걱정해줄 필요는 없는데 말이지.

◆슈바인 : 현실에서 캐릭터를 만들고, 거짓말을 하고, 이상적인 나로 있으려는 생각이 좋지 않았던 걸까…….

◆루시안 : 헤매고 있네.

이미 결론을 냈었던 걸 끙끙대며 고민하다니 정말로 너답지 않아.

으음, 생각만 하고 있으면 더이상 진행되지 않겠다.

◆루시안 : 좋아. 오랜만에 사냥이라도 가자. 조금은 머리가 돌아가겠지!

◆슈바인 : 노골적으로 이야기를 틀었네. 그렇게 귀찮았어?

◆루시안 : 기분전환은 필요하잖아?

요즘 바쁘기도 해서 게임을 별로 못했으니까.

기분이 풀려서 개운해지면 조금은 내 이야기를 제대로 들어주지 않을까?

◆루시안 : 현실에서 잘 풀리지 않는 일이 있으면 여기서

발산해왔잖아.

◆슈바인 : ……그건 그렇네. 해볼까.

슈바인은 대검을 번쩍 들었다.

◆슈바인 : 모두 불러?

◆루시안 : 현실에서는 둘이서 외출했었으니까, 여기서도 둘이서 가자고.

지금 아코나 마스터와 함께하면 좋은 영향이 있을지 없을지 모르니까.

◆슈바인 : 흐~응.

슈는 조금 뜸을 들이다가 씨익 웃으며 말했다.

◆슈바인 : 그럼 칸토르에서 집합하자.

◆루시안 : 칸토르?! 상관없지만…….

◆슈바인 : 그럼 나중에~.

슈는 일단 로그아웃했다.

약속한 장소, 최초의 마을 칸토르에 있던 건 평소의 대검 검사 슈바인이 아니라.

◆아카네☆ : 야호.

예전에 만들었던 다른 계정의 신캐, 아카네☆였다.

◆루시안 : 왜 그 캐릭터야?

◆아카네☆ : 현실 데이트는 이미 했잖아? 이후에 게임에서 데이트를 한다면, 이쪽의 나로 해야 할 것 같아서.

◆루시안 : 데이트이니 뭐니 하는 소리는 제쳐 두고, 의도

는 알았어.

그럼 나도 맞춰서 바꿔야겠네.

평소의 루시안에서 캐릭터를 바꿔서 루시안 3세를 데려왔다.

◆루시안 3세 : 얍.

◆아카네☆ : 약해 보여!

◆루시안 3세 : 피차일반이잖아.

레벨 한 자릿수, 초기 직업인 두 사람이다. 게임 내 최약 콤비라고 해도 좋을 정도다.

◆루시안 3세 : 그래서, 뭐하지?

◆아카네☆ : 느긋하게 레벨이라도 올리자.

◆루시안 3세 : 그럼 울프라도 잡을까.

칸토르 근처에 서식하는 늑대계 최약 몬스터, 울프를 잡으러 왔다.

보통은 무시해도 괜찮은 적이지만…….

◆루시안 3세 : 젠장, 꽤 세잖아.

◆아카네☆ : 좀 더 피하라고. 전열이잖아.

◆루시안 3세 : 시프 지망인 노비스한테 무리한 소리 하지 마! 스펙은 세가와도 나랑 비슷한 수준이잖아!

◆아카네☆ : 그보다, 뭐야 그 망할 잔챙이 펀치. 그만둬줄래?

◆루시안 3세 : 나이프밖에 없으니까 보너스가 붙는 맨손 때리기가 더 강하다고.

◆아카네☆ : 알아 알아ㅋ.

◆루시안 3세 : 이 빌어먹을 자식ㅋ.

웃으면서 적을 때리고.

◆루시안 3세 : 아~, 이 페이스라면 죽겠네. 회복 없으니까.

◆아카네☆ : 좀 더 버텨봐. 할 수 있어 할 수 있어.

◆루시안 3세 : 아슬아슬하게 무리 같은데.

◆아카네☆ : 포기하지 마! 나한테 맡기라고, 어떻게든 해줄게!

◆루시안 3세 : 어떻게?

◆아카네☆ : 이렇게!

아카네☆는 그렇게 말하면서 그냥 지팡이를 휘둘렀다.

이거 죽겠네. 아직 한참 저레벨이라서 죽어도 상관은 없지만…….

그렇게 포기한 순간—.

빠각! 하는 좋은 소리가 나며 평범한 흰 글자가 아닌, 빛나는 황금 글자 대미지가 표시되었다. 이거 크리티컬인가.

◆루시안 3세 : 어, 엥? 크리티컬?

◆아카네☆ : 좋았어! 쓰러뜨렸어!

마지막으로 크리티컬이 나오자 루시안 3세의 HP를 아주 조금 남긴 채 울프가 쓰러졌다.

◆루시안 3세 : 어, 잠깐. 그 캐릭터 LUCK은?

◆아카네☆ : 1이야.

◆루시안 3세 : 크리율은…….

◆아카네☆ 여유로운 1퍼센트 이하네! 역시 나야!

◆루시안 3세 : 어째서 이런 일로 그런 기적을 일으키는 거야ㅋㅋ.

◆아카네☆ : 덕분에 살았잖아.

그렇게 구할 필요는 전혀 없었는데, 쓸데없이 운을 쓰기는…….

정말로 무의미하지만 이런 곳에서 우정 파워를 발휘하는 게 왠지 세가와다워서 무심코 웃고 말았다.

◆루시안 3세 : 나 참. 역시 파트너네. 아무래도 좋을 때 전력을 다하기는ㅋ.

◆아카네☆ : 호호호.

둘이서 웃다가 회복할 겸 초원 한가운데 앉았다.

◆아카네☆ : 아! 즐거워라!

그녀는 그렇게 말하고 팔을 들었다.

◆아카네☆ : 장비 없음! 아이템 없음! 돈도 없음! 동료도 너뿐!

◆아카네☆ : 그런데 무지 즐거워!

아카네☆는 만면의 미소를 감정 표현으로 띄우면서 말했다.

◆아카네☆ : 안 되겠네. 역시 난 이거 못 그만두겠어.

그렇겠지. 왜냐하면 나도 즐거우니까.

◆루시안 3세 : 어째서일까. 둘뿐인데 엄청 즐겁네.

◆아카네☆ : 정말이라니까ㅋ

우리가 그렇게 말하며 웃던 그때—.

◆카오카오 : 어라?

◆윳키♥ : 아, 니시무라랑 아카네?

갑작스러운 본명!

깜짝 놀라서 채팅이 날아온 방향을 보자 그곳에는 카오와 마에카와의 캐릭터가 모여있었다.

◆루시안 3세 : 너희는 어떻게.

그때 체험했던 두 사람이다. 어째서 게임에 있는 거지?

◆카오카오 : 아빠 컴퓨터에 게임 깔아도 된다고 해서.

◆카오카오 : 둘이서 잠깐만 하고 있어.

◆윳키♥ : 놀랐네~, 아카네까지 있다니~.

◆아카네☆ : 아, 으, 응.

앗, 아아아아아! 이거 큰일 났다!

이제 와서 깨달은 건데, 이거 위험하잖아!

나와 세가와가 같이 온라인 게임을 하는 모습을 보여주면 완전히 오타쿠 취급이라고!

내일 오타쿠가 아니라고 말해야 하는데, 전부 헛수고가 되잖아!

그래도 이 상황에서 어떻게 해야—.

◆윳키♥ : 어라? 그런데~, 아카네가 니시무라랑 같이 하고 있다는 건.

아앗, 마에카와가 눈치채고 말았다.

이걸 얼버무리기 위해 애써왔는데.

그렇다. 세가와 아카네는—.

◆윳키♥ : 뭐야~, 그 이 몸이라고 하던 강한 사람, 아카네가 아니었구나~.

◆아카네☆ : ……어?

◆윳키♥ : 어?

두 사람은 어리둥절하며 마주 봤다.

어라? 안 들켰어?

◆아카네☆ : 그, 그렇거든? 다른 사람이거든?

◆아카네☆ : 그런데…… 왜?

아카네☆가 황급히 말했다.

◆윳키♥ : 그야, 강한 걸 가지고 있으면 우리랑 만든 캐릭터를 일부러 쓸 필요 없잖아~.

◆윳키♥ : 그 캐릭터를 하는 걸 보니, 정말로 게임 하던 게 아니었구나.

◆카오카오 : 그거 아직도 말하는 거야?

◆윳키♥ : 그치만 너무 딱 맞는 타이밍에 왔었으니까~.

설마 하던 착각!

그렇구나. 마에카와는 지식이 어중간하니까 기분 전환 삼아 최약 캐릭터로 논다는 폐인의 사고를 이해하지 못하는 거다!

이건 기회다!

◆루시안 3세 : 그때 조금 빠진 것 같아서, 잠깐 놀 생각이 들었대.

◆카오카오 : 아, 역시? 즐거워 보였으니까.

◆윳키♥ : 이걸로 아카네도 오타쿠네~.

◆아카네☆ : 그러게.

화면 너머에서 세가와가 키득키득 웃고 있는 게 보이는 듯한, 그런 말투였다.

◆아카네☆ : 문화제도 가까운데 굳이 니시무라하고 게임이라니…… 나, 완전히 오타쿠잖아.

◆카오카오 : 우리도 오타쿠 아냐?

◆윳키♥ : 위험해~.

세가와가 내 옆에서 천천히 일어나 두 사람을 보고 말했다.

◆아카네☆ : ……오타쿠라고 해도, 이렇게 친구랑 노는 건, 나쁘지 않아.

◆카오카오 : 즐겁네.

◆윳키♥ : 진짜 빠질지도.

이건 오타쿠라고 인정한 걸까.

아니면, 앞으로 오타쿠 부분을 보여주겠다는 걸 인정한 걸까.

세가와의 마음속은 모르겠지만 뭔가 조금 움직인 기분이 들었다.

◆아카네☆ : 아…… 윳키, 잠깐 뭐 물어봐도 돼?

세가와가 물었다.

◆윳키♥ : 응~? 뭔데~?

◆아카네☆ : 그 슈바인이라는 사람, 나라고 생각했지?

◆윳키♥ : 그건 미안하다니까~.

◆아카네☆ : 딱히 사과하지 않아도 되는데.

그리고는 머리 위에 ? 마크를 띄웠다.

◆아카네☆ : 어째서 그렇게 나 같다고 생각했어?

◆윳키♥ : 그게…… 역시 타이밍이 너무 잘 맞았고…….

그녀는 고민한 뒤에, 앗 하고 대답했다.

◆윳키♥ : 그리고, 도와줄 때의 느낌이 오빠~ 같은 느낌이라서.

◆카오카오 : 알겠다! 형님 같은 게 아카네랑 비슷했어!

◆윳키♥ : 형님이라고 하면 미안하지 않아~?

◆카오카오 : 미안!

◆아카네☆ :

공백의 한 줄이 적혔다.

◆아카네☆ : 아냐. 괜찮아.

그 직후, 뭔가 곱씹듯이 머리를 움직인 세가와가 말했다.

◆아카네☆ : 형님이라. 그런 말을 듣는 건 싫지 않거든?

◆윳키♥ : 정말~? 괜찮아~?

◆카오카오 : 적어도 누님 아닐까?

◆윳키♥ : 그건 좀 불량한 느낌 아니야?

두 사람은 꺄아꺄아 대화를 나눴다.

그러나 두 사람은 바로 정신을 차리고는—.

◆카오카오 : 아, 그럼 우리는 슬슬 자야 하니까.

◆윳키♥ : 잘 있어~.

◆아카네☆ : 내일 봐.

손을 흔드는 우리 앞에서, 손을 흔드는 법도 모르는 두 사람이 빛이 되어 사라졌다.

◆루시안 3세 : ……갑자기 슈바인 커밍아웃, 해결돼버렸네.

◆아카네☆ : 그러게.

세가와는 힘 빠진 웃음 감정 표현을 띄우고 말했다.

◆아카네☆ : 진지하게 고민하면서 필사적으로 해왔는데, 결국 이런 바보 같은 이야기로 끝나버렸네.

◆루시안 3세 : 괜찮아? 긴장 풀려서 이상해지지 않았어?

◆아카네☆ : 괜찮아 괜찮아. 엄청 개운해졌어.

말 그대로, 글자에서도 가벼운 분위기가 전해졌다.

◆아카네☆ : 형님이라니. 거짓말하고 숨기고 부정하고, 자기 이름을 딴 귀여운 캐릭터까지 만들었는데, 형님이라는 말을 들어버렸어.

◆루시안 3세 : 너답네.

◆아카네☆ : 그러게. 역시 나는 나구나. 자신에게서 눈을 돌려도, 진실에서 눈을 돌려도, 별로 의미는 없었어.

그녀는 그런 채팅을 하고는 고개를 끄덕였다.

◆아카네☆ : 게임에서는 평범하게 아는 거였는데, 현실에서는 꽤 어렵네.

◆루시안 3세 : 고민, 해결됐어?

◆아카네☆ : 응. 친구하고, 나한테, 슈바인 님한테 배웠어.

◆아카네☆ : 아무리 눈을 돌려도 나는 오타쿠고, 슈바인인 거야. 거기에서 도망칠 수는 없어.

◆루시안 3세 : ……응.

◆아카네☆ : 하지만 오타쿠라는 말은 듣고 싶지 않아서.

◆아카네☆ : 아코한테 지고 싶지 않다는 생각도, 조금은 있어서.

◆아카네☆ : 그리고 무엇보다도.

살짝 양손을 크게 벌리고 하늘을 올려다보며 외쳤다.

◆아카네☆ : 우리한테 말려든 바람에 무서워하는 아코를 구해줘야 해!

◆루시안 3세 : 우정이 두터운, 사나이 중의 사나이인 슈바인 님은 동료를 저버릴 수 없는 건가.

◆아카네☆ : 바로 그거야!

◆아카네☆ : 솔직히 아코가 우승 후보가 된 건 예상 밖이었어! 미안해 아코!

본선에 나가는 건 몰라도 우승 후보까지 올라설 줄은 몰랐지.

아코에게 또 트라우마가 늘기 전에 어떻게든 해야 한다.

◆루시안 3세 : 그래도 말이지. 그것도 어떻게든 됐으니까 걱정하지 않아도 된다고.

◆아카네☆ : 괜찮아. 내가 어떻게든 할 테니까!

내 채팅을 가볍게 무시해버린 세가와가 그 자리에서 빙글 몸을 돌렸다.

◆아카네☆ : 이 슈바인 님은, 자기 명예 같은 시답잖은 것보다는 동료가 훨씬 중요하단 말씀이야!

그리고는 현실의 세가와처럼 귀여운 얼굴로 멋있는 소리를 했다.

◆아카네☆ : 내 이상 속 자신은, 우물쭈물하지 않는 멋진 나니까! 아코가 문화제를 마음껏 즐길 수 있도록, 앞으로 아무 걱정하지 않도록 어떻게든 하겠어!

◆아카네☆ : 전부 나한테 맡겨두라고!

◆루시안 3세 : …………그래, 믿고 있을게.

하지만 저기, 세가와 씨.

나는 아코라면 이제 괜찮다고 이미 몇 번이나 말했는데 말이죠.

††† ††† †††

문화제 당일, 아침 여덟 시.

빨리 등교한 우리는 부실에 전시된 의상이나 인쇄된 스샷의 최종 조정을 했다.

"채찍 각도, 이런 느낌이면 될까?"

"스샷에 맞추는 거라면 조금 더 위로 올려야 한다만……."

"보기 좋은 건 이게 베스트라고 생각하는데~."

마스터와 아키야마는 유리 케이스에 넣어둔 전시용 의상을 조정하고 있었다.

"내가 디자인한 의상이지만 귀엽다냐아."

"선생님의 키로는 못 입지 않나요?"

"우우, 그 점에서 타마키는 자기 옷을 입을 수 있어서 좋겠다냐."

"입고 스테이지에 올라가야 하지만요……."

아코와 선생님은 자신들의 옷을 보고 좋아했다.

"돼지 선배. 모조지, 다 붙였어요."

"으음, 뒤쪽 슈바인 님을 좀 더 오른쪽으로 옮기면 안 될까?"

"확대 인쇄해서 붙인 뒤에 말하는 건 좀."

"그걸 좀 어떻게……."

"블랙한 돼지 선배…… 흑돼지 선배……."

"그러게. 이제 와서 이러는 건 늦겠지이이이이!"

"느오오오오."

후타바와 세가와는 이 옷을 입고 이런 모험을 합니다, 라는 듯한 커다란 자신을 모조지에 붙였다.

두 사람 다 뭐 하는 거야.

"루시안, 탈의실은 어떠냐?"

"커튼은 고정할 수 있을 거야. 뭐, 입는 사람은 별로 없을 테니까."

나는 시착을 희망하는 사람을 위한 간이 탈의실을 만들었다.

이걸로 준비는 OK네.

"이러니저러니 해도 전부 끝났네."

"오더 메이드 의상이 꽤 좋게 나왔어! 네 벌 있으니까 보기 좋아!"

"천부터 상의해가며 주문한 거다. 당연한 일이지!"

마스터가 흥 하고 콧김을 내뿜었다. 그런 그녀를 선생님이 조금 걱정스럽게 바라봤다.

"정말 부비만으로 해결한 건가냐? 고쇼인."

"…………."

안 들리는 척을 하고 있잖아!

이 사람 또 자기 돈으로 질을 올려버렸어! 그런 건 안 된다고 했는데!

"자, 자아, 그럼. 각자 오늘 예정은?"

"일단 우리는 오전 중에 스테이지에서 연극이야."

전교생이 체육관에 집합해서 모두 함께 보는 스테이지다. 그때까지는 전원이 머문다.

"낮부터 전시가 시작되면 누군가 여기 남을 필요가 있다만."

마스터가 예정표를 넘겼다.

"처음에는 나, 다음에 아코, 루시안, 미캉, 세테, 그리고 슈바인의 순서대로 부실에 머물게 되어있다. 확인은 해놨겠지?"

"루시안 루시안. 제가 부실을 보는 시간은……."

"알고 있어. 둘이서 하자."

아코 혼자서 부실에 있는 것은 여러 의미로 위험하다.

"그리고 오후 늦게. 아코와 니시무라가 미캉하고 교대해서 부실을 봐주는 사이 우리는 미스콘 스테이지네."

"우우, 불안해요."

"걱정할 것 없어."

세가와가 힘찬 미소를 짓고 아코의 등을 탁 두드렸다.

"아코가 흐릿해질 만큼 내가 눈에 띄어서 우승해줄 테니까, 큰 배에 올라탔다고 생각하고 지켜보기나 해."

"슈!"

아코가 끌어안았다.

뭔가 떨쳐냈는지 세가와는 완전히 의욕으로 충만했다.

"세가와의 스테이지, 기대하고 있을게."

"응. 너를 풀투성이로 만들어 줄게[#3]."

대초원은 피할 수 없나. 넌 대체 뭘 할 생각이야?

"저기, 나도 내 옷을 입고 나가고, 아코하고 쿄우 선배도 이 의상으로 나갈 거잖아? 의상이 하나밖에 남지 않으니까, 딱히 누군가 대기하지 않아도 되지 않을까?"

#3 너를 풀투성이로 만들어 줄게 일본의 ㅋ에 해당하는 w를 풀로 비유한 표현. 엄청 웃게 해주겠다는 뜻.

아키야마가 미캉만 남는 건 불쌍해! 하고 뿅뿅 뛰었다.

"후타바는 어때?"

"스테이지, 보고 싶어요."

"거기서 사양하지 않는 게 역시 후타바네."

진짜로 성격 끝내준다니까. 이런 부분을 좋아한다고…….

"……그래. 닫아도 될 것 같아."

뭔가 조금 고민하던 세가와도 고개를 끄덕였다.

"미캉도 우리의 미스콘을 보러 와."

"지켜볼게요."

눈을 보니까 내년의 참고로 삼겠다고 말하고 있었다.

변함없이 후타바는 의욕이 넘치는구나.

"그럼 모두 문제없구나. 전원, 기교제를 전력으로 즐기도록!"

오~! 하고 목소리 맞춰 외친 뒤 우리의 문화제가 시작됐다.

처음 이벤트가 우리에게는 메인 이벤트였다.

전원이 체육관에 모여서 하는 무대 발표다.

반 단위의 대규모 연극이나 댄스부 무대, 취주악부의 연주 등등이 여기서 개최된다.

2학년인 우리는 세 번째 스테이지. 초반이라 아직 체육관 분위기가 썰렁했다. 우우, 여기서 무대에 올라가는 거, 긴장되네.

"아아아, 두근두근해요~!"

“아코. 너무 긴장해서 얼굴이 누렇게 떴어.”

“루시안은 취색이 되었는데요.”

“타, 탈을 뒤집어써서 그런 거 아닐까?”

태클 역할인 세가와와 아키야마가 주역이라 스테이지 위에 있어서, 감독을 맡은 여자아이가 조심조심 지적해줬다. 고마워, 이름은, 아마 카츠라기였던가?

“오, 생쥐 3인. 슬슬 나갈 때야!”

“오케이.”

“그럼 찍찍하고 오자고.”

좋아, 우리 차례다.

같은 생쥐역 남자와 어깨동무를 했다.

“생쥐 파이팅!”

“오~!”

작은 목소리로 구령을 외치고 스테이지로 올라갔다.

생쥐를 완벽하게 해내겠어!

“어째서, 나는 언제나 이러는 걸까…….”

다락방을 배경으로 신데렐라 나나코가 홀로 주저앉아 있었다.

“찍찍.”

“찍~!”

그런 그림이 되는 구도에서 생쥐탈을 쓴 남자 세 명이 나타나자 체육관에서 웃음이 터졌다.

"어머, 생쥐? 뭔가 먹을 게 있었던가?"

신데렐라 나나코가 주변을 뒤졌다.

그녀는 무대 구석으로 가더니 막 뒤쪽으로 손을 뻗었다.

"치즈가 있었네."

"치~즈으~, 치~즈으~."

치즈 아코가 나타나자 체육관에서 수수께끼의 박수가 쏟아졌다.

여기서는 웃음이 나와야 하는데!

"내 저녁이지만, 이걸 줄게."

"정말로 괜찮은 거냐찍?"

좋아, 내 대사다! 생쥐 A에 맞춰서―.

"고맙다찍, 기쁘다찍."

좋아, 틀리지 않고 말했다!

작은 기쁨과 함께 한숨이 나왔다. 그보다 내 대사, 이것뿐인데…….

"너는 세상에서 제일 멋진 여자아이다찍!"

생쥐 C의 그 대사가 나오자.

"……학교에서 제일 멋진 여자아이는, 여기 있는 치즈일지도 모르지만……."

"치~즈?"

미스콘을 들먹인 발언에 체육관이 들끓었다. 이거 애드리브잖아. 아키야마 분위기를 너무 타는 거 아냐?

으, 으으음. 이제는 내가 아코를 데리고 배경에 있는 구멍으로 돌아가면 되는데.

"가자, 아코. 쿨타임은 끝났어?"

"네, 괜찮아요!"

작은 목소리로 상의한 뒤 아코의 다리와 등에 손을 대고 번쩍 들어 올렸다.

폭신폭신한 외모만큼 가벼운 몸을 옆으로 안아서 들었다.

"가지고 돌아가자찍!"

"고맙다찍!"

『오오~!』

체육관에서 환성과 박수가 쏟아졌다. 그만둬, 부끄럽잖아!

"—읍, 읍!!"

아아아아, 객석의 마스터와 눈이 마주쳤다!

저 사람, 눈물이 나올 정도로 웃고 있잖아! 대체 얼마나 이상한 건데!

나는 내 목에 확실히 손을 돌린 아코를 데리고 그대로 벽의 구멍으로 도망쳤다.

왠지 우리의 등 쪽에서 박수가 이어지고 있는데, 대체 무슨 박수냐고!

"……좋겠다~."

주인공이어야 하는 신데렐라의 대사에 박수가 웃음으로 변했다.

아키야마는 정말로 재치 있네.
"어서 와~! 좋았어~!"
우리가 돌아오자 카츠라기 감독이 흥분하며 다가왔다.
"주인공이 여자, 히로인도 여자라는 설정에 익숙해진 무렵에, 남녀의 공주님 안기로 눈길을 끌어서 질리게 하지 않는다! 내가 생각했지만 잘 통한 것 같아!"
"즐거워 보이네, 감독."
"그게, 연극부는 남녀 사이가 안 좋아서~, 러브 신 같은 건 죽어도 싫다! 그런 애들밖에 없는걸."
감독은 불만스럽게 입을 삐죽이며 내게 안겨있는 아코를 바라봤다.
"그래놓고 대체 어느 입으로 장래는 여배우 지망이라고 하는지…… 우리 반이 훨씬 연기를 잘하잖아."
"감독, 다음 장면 다음 장면."
뭔가 욕구불만을 발산하는 감독 밑에서 우리 반은 나름대로 박수와 웃음을 획득했고―.
"왕녀님. 저라도 괜찮으신 건가요……!"
"너 말고는 없어! 내 반려가 되어다오, 신데렐라!"
"……네!"
두 사람이 얼싸안았다.
마지막 장면에서 우레와 같은 환성이 터졌다.
응응. 미소녀들의 화사한 장면은 아무 불만도 없구나.

"왔어…… 왔어 이거……."

"거기, 아코. 친구한테 해도 되는 말이 아니라고."

아무튼, 우리의 무대는 무사히 종료.

"대성공! 다들 수고했어!"

"아카네! 히로인 좋았어!"

연극은 대성공으로 끝났다.

"지쳤어요……."

"이제 막 시작됐는데?"

문화제는 오후가 메인이니까.

나와 아코는 부실에 남아서 대기 중이다.

작년에 이어 생각보다 사람이 모여서 별로 한가하지 않았다.

"저기, 이거 선배가 게임에서 입는 옷인가요?"

오, 1학년 같은 남자가 아코에게 말을 걸었다.

"어, 아…… 네……."

"미스콘에 나가시는 거죠?! 이걸 입고 나오시나요?"

"그럴 예정, 이에요."

"진짜요?! 기대할게요!"

"힉."

계속 다가오려 하는 1학년 남자를 보자 아코가 몸을 뺐다.

하지만 옆에는 내가 있으니까.

"무서워하니까 그 정도로만."

"아…… 죄송합니다."

"딱히 사과할 필요는 없어."

실제로 그렇게 잘못한 건 아니다. 질문과 응원을 했을 뿐이니까.

"하지만 본인이 무서워하니까 좀 넘어가 줘."

"죄송합니다. 이미지는 좀 더 밝은 사람인 것 같았거든요."

"이 사진을 보면 그렇게 생각하겠지……."

1학년은 이미지가 다르네, 라고 중얼거리면서 부실을 나갔다.

아코는 그 뒷모습을 조심조심 눈으로 좇았다.

"우우우, 저런 사람이 오면 곤란해요."

"옆에서 보니까, 저건 아코에게는 공포겠네."

"죽어버려요. 무리에요. 학교 그만둘래요."

"그만두지 마."

그거 은퇴 사기랑 달리 그만둔다고 하면 진짜 그만두는 거잖아.

전에도 학교를 그만두려 한 적이 있었지만, 고양이공주 씨가 못 들은 걸로 치고 넘어가지 않았다면 정말로 그만뒀을지도 모른다.

"뭐랄까, 귀여운 것도 큰일이구나."

"정말로 귀여웠다면 곤란하지 않았다고요오오오!"

"그러십니까……."

내면을 개선하지 않는 한, 아코가 자신감을 가질 날은 오지 않을 것 같다.

“그나저나 아코, 장하네. 문화제에도 제대로 나오고, 스테이지에도 나가니까.”

“쉬어도 이기고 도망쳤다며 화내는 사람은 나올 테니까요.”

“있겠지…….”

그야 예선에서 패한 사람은 사퇴할 바에는 나가라고 생각할 거다.

“그래도 아코라면 쉬었을 텐데.”

“역시 남편이에요…… 잘 아시네요…….”

“모를 리가 있나.”

아코의 일인데.

나는 아코가 쉰다면 전력으로 커버를 해주려고 했었단 말이지.

“오히려 제대로 와서 놀랐을 정도야.”

“싫었지만…… 슈가 괜찮다고 말해줬으니까요.”

조금 불안한 듯이, 그래도 또렷한 목소리로 말했다.

“슈를 믿고 있어요.”

“응.”

나도 세가와를 믿는다.

그리고 아코의 유감스러움도 믿는다.

“게다가 만에 하나 이겨버리면…… 싫긴 하지만, 무섭긴 하지만, 그래도 조금 자신감이 생길지도 모른다고, 조금은 기대하고 있어요."

아코는 쑥스러운 듯이 말했다.

조금 긍정적인 말은 기쁘고, 응원해주고 싶지만—.

"그건…… 별로 기대하지 않는 게……."

"우우우, 역시 귀엽지 않은 건가요."

"아니야…… 아니라고……."

귀엽긴 하지만…… 알맹이가…… 알맹이가……!

한동안 부실을 지키고 있었는데 부실을 보러 오는 사람이 급격히 줄었다.

이유를 생각해보니 슬슬 미스콘 시간인가.

"슬슬 준비해야겠네요!"

"여기서 입고 갈 거야?"

"스테이지 대기실에서 갈아입으라고 들었어요."

"그럼 옷만 가져갈까."

유리 케이스를 열어서 아코의 옷을 꺼냈다.

"마스터와 세테 씨의 것도 가져갈게요."

"알았어."

아코는 3인분의 옷을 개어서 종이봉투에 넣었다.

"그럼 이제 닫아도 될까?"

"네~에."

"아~, 잠깐만 잠깐만!"

황급히 들어온 건, 작은 체구에 트윈테일을 한 여학생.
“세가와, 어쩐 일이야?”
“내가 닫을 테니까 먼저 가.”
“왜 또?”
“잠깐 준비할 게 있거든.”
훗훗훗, 하고 수상하게 웃은 세가와는 우리의 등을 밀었다.
“뭐, 맡겨두라고. 모두의 얼을 빼놓을 테니까.”
“넷!”
그럼 부탁할까. 뭔가 작전이 있는 것 같으니까.
세가와를 남기고 둘이서 체육관 스테이지로 향하는 도중, 아코의 발이 우뚝 멈췄다.
“……다리가 무거워서 앞으로 나갈 수가 없는데요.”
“가고 싶지 않은 거겠지…….”
“루시안. 치즈 때처럼 공주님 안기를!”
“안 해.”
“치~즈으~.”
“인간으로 돌아가.”

오후부터 체육관 스테이지는 자유 감상 시간이었다.
취미인 밴드라든가 개인 무대 등등, 그런 소규모 이벤트가 열린다.
그러나 역시 미스콘이라 해야 할까? 자유 감상인 무대치고는 상당히 많은 숫자의 관객이 관객석을 메우고 있었다.

나도 관객석 뒤편에서 스테이지 시작을 기다렸다.

……왠지 이렇게 혼자서 보고 있으면 모두와 달리 나는 바로 낙선했다는, 그런 당연한 사실이 무겁게 다가왔다.

역시 나, 이 부에서는 동떨어진 것 아닐까.

"레이디~스! 앤드! 젠틀매~엔! 젠틀맨이 대체 뭐냐~!"

그때, 스테이지 옆에서 등장한 아키야마가 경쾌하게 중앙으로 나왔다.

마이크가 없어도 체육관 전체에 울려 퍼지는 목소리로 기운차게 말했다.

"다들, 귀여운 아이를 좋아하나~!"

『오오~!』

"멋있는 사람을 좋아하나~!"

『오오~!!』

"지금부터 잔뜩 볼 수 있어~!"

『오오오~!!!』

나나코도 귀여워! 라는 소리가 관객석에서 솟구쳤다.

"고마워~! 그래도 훨씬 귀여운 애들밖에 없어~!"

아키야마는 성원에 답하면서 스테이지를 돌아봤다.

"이미 시간이 꽤 지연됐다고 문실에서 압력을 넣고 있으니까, 건너뛰고 가겠습니다~! 다들, 참가자 소개는 이제 필요 없겠지?"

『오오~!』

“시간제한이 있으니까 랜덤으로 한 명씩 나와서 그대로 자기 어필을 하도록 하겠습니다! 준비는 됐어~?”

『예~이.』

다들 즐거워 보이네.

보고 있는 나는 긴장되는데.

“그럼, 먼저 예선 10위 통과, 카미미야 코이치 군!”

“아, 안녕하세요……!”

오, 코이치다! 힘내라!

무대 옆에서 나온 코이치는 귀엽고도 귀여운 용모로 여자들의 환성을 받았다. 응응. 그대로 우승해도 좋다고.

마이크를 잡고 더듬더듬 말하는 코이치의 모습을 보고 있는데—.

“……선배.”

옆에 후타바가 다가왔다.

한 손에 프랑크푸르트 소시지를 들고 있는 걸 보니 이 녀석도 즐기고 있구나.

“안뇽안뇽.”

“……안뇽.”

인사를 맞춰주는 걸 보더라도 분위기를 잘 탄다니까.

“……문화제는 어때?”

“……조리부가 판매점을 내지 않는 건 불합리.”

"이해해."

후타바는 조리부에도 소속되어 있으니까.

본의는 아니었겠지만 그래도 어쩔 수 없다.

"어느 판매점이 제일 잘 파는지 조사해서 상을 준다는 기획이 있으니까. 조리부가 나가면 압승해 버리잖아."

"그건 압승하게 해줬으면 좋겠는데요."

"주직업인 사람이 어른스럽지 않은 소리 하지 말라고."

이야기하는 사이 몇 명의 어필이 끝났다.

아직 온라인 게임부 멤버는 아무도 나오지 않았다.

스테이지에서 제일 빛나고 있는 아키야마 나나코를 제외하면…….

"선배, 어때요?"

스테이지로 시선을 돌린 후타바가 물었다.

어떠냐니?

"현재로서는, 아코가 무조건 귀엽네."

"바보 커플."

"냅두셔."

여기서 거짓말을 하는 게 문제잖아.

"……참고로 후타바도 저기 나가고 싶었어?"

"나간다면, 이기고 싶었어요."

"그러십니까."

"……선배."

후타바가 나지막하게 말했다.

"미즈키하고, 반성회 해요."

"……그래."

사실 나도 전혀 분하지 않은 건 아니다. 오늘 아침에 봤던 미즈키도 역시 조금 분해 보였다.

패배한 우리도 즐겨야겠지.

그리고 남자가 보더라도 꽃미남인 축구부 주장의 자기 어필이 끝난 무렵.

"다음은 예선 4위! 고쇼인 쿄우 양입니다!"

"오."

"회장님."

"마스터는 이미 회장이 아니긴 하지만."

그렇게 덧붙인 내 말과는 달리.

『회장~!』

『학생회장~!』

객석에서 그런 성원이 날아왔다.

왠지 회장을 그만둔 뒤에 더 따르고 있지 않아?

성원 속에서, 마스터는 조바심 내지 않고 천천히 걸어 당당하게 무대 중앙으로 찾아왔다.

게임에서 입던 아크메이지 옷에 상의를 추가하고, 거기에 망토를 걸친 모습으로 등장했다.

솔직히 이 정도는 하지 않으면 도저히 입을 수 있는 옷이 아니니까.

"……너희들. 기다리게 했구나."

마스터는 망토를 펄럭이며 폼을 잡더니—.

"내가 왔다!"

효과음이 들릴 것 같은 의기양양한 표정으로 말했다.

『회장~!』

『멋있어요~!』

"……나는 이미 회장이 아닌데 말이지."

회장은 저쪽이다, 하고 스테이지 옆에서 보고 있는 타카이시를 가리켰다.

정작 타카이시는 무척 반짝반짝한 표정으로 마스터를 보고 있어서 오히려 만족스러워 보였지만…….

"그럼 선배, 자기 어필을 부탁합니다."

"음!"

아키야마가 재촉하자 마스터는 더욱 앞으로 나왔다.

"이 자리는, 미스터 & 미스 콘테스트. 남성의, 여성의 매력을 보여주는 자리라고 들었다."

그러나, 하고 말한 뒤 뜸을 들이고—.

"이렇게 서 있기만 해도, 나의 매력이 전해지겠지?"

마스터가 긴 머리를 스윽 휘날렸다.

아니 진짜, 남들 앞에 서는 것에 익숙한 탓인지 스테이지에서 정말 빛나는 사람이다.

『예뻐요~!』

"음음."

『멋져요~!』

"그렇겠지 그렇겠지."

『벗어라~!』

"좋아. 지금 떠든 자를 밖으로 내보내라. 조금만 잘못되도 경찰을 불러야 하니."

천박한 성원을 날린 사람을 날카롭게 지적하자 체육관에서 웃음이 솟아났다.

으으음. 사람 앞에서 말하는 것에 익숙하네.

"이야기, 재미있네요."

"그렇지? 굉장한 사람이라니까."

그러나 마스터는 지금부터가 문제다.

"이상한 소리를 하지 않으면 완벽한 사람이야. 그런데 말이지……."

정말로 곤란한 일이지만—.

"그런고로 나는, 외모에서는 전해지지 않는 나의 진정한 매력을 어필하고 싶다."

마스터는, 진심으로밖에 보이지 않는 완전 진지한 표정으로 말했다.

"이래 봬도 나는, 사실 무척 돈이 많다."

아아…… 역시…….

"……응?"

"마스터는 말이지…… 이상한 소리만 하지 않으면 완벽하지만……."

이상한 소리를 하는 사람이거든.

"말해두지만 부모님에게 용돈으로 받았다는 그런 시시한 이야기가 아니라고? 나는 미성년이면서도 가능한 수단을 구사하여 자금을 벌었다!"

마스터는 어디의 벤처 사장이냐 싶을 정도로 스테이지를 돌아다니며 프레젠테이션을 벌였다.

어안이 벙벙해진 우리 앞에서 마스터의 열변이 더욱 드높아졌다.

"이 상업적 재능은 명확, 더욱 우량 물건이라고 말할 수밖에 없겠지! 그래!"

척! 하고 우리에게 팔을 내민 그녀는 말했다.

"지금 나의 저금액은, 53억이다!"

—그러, 십니까.

물론 아까까지 끓어올랐던 체육관은 단숨에 조용해졌다.

역시 분위기가 식어버린 것을 눈치챘는지 마스터는 조심조심 주변을 돌아봤다.

"아~, 이건 태클을 걸어줘야 하는데. 아무리 그래도 그렇게 많이 가지고 있을 리 없지 않나."

그리고는 곤란한 듯이 말했다.

금액 문제가 아닙니다.

"저기, 선배."

"음. 왜 그러나 실행위원 아키야마 씨. 아직 나의 어필 타임은 끝나지 않았다만."

"응, 그렇긴 하지만."

아키야마는 방긋 웃으며 무대 옆을 가리켰다.

"돌 아 가 ♪"

"어째서냐아아아아아아아!"

마스터가 머리를 부여잡자 겨우 웃음이 터져 나왔다.

"원하던 바가 아니야…… 이럴 리가 없는데……."

『재미있었어~.』

『회장 용돈 주세요~.』

시무룩하게 돌아가는 마스터에게 박수가 쏟아졌다.

"제대로 태클을 넣어줘서 개그로 성립된 것 같네."

"회장님, 개그한 건가요?"

"본인은 그럴 생각이 없었겠지."

그래서 저 사람은 얕볼 수가 없단 말이야.

솔직히 진짜 53억을 가지고 있어도 놀라지 않을 거라고.

"으음, 이런 상황에서 우승 후보를 부르는 건, 무척 미안하지만."

아키야마는 쓴웃음을 짓고 무대 옆을 손가락으로 가리켰다.

"다음으로는 예선 1위 통과, 타마키 아코 양!"

……! 왔다. 마침내 왔다.

"타마키 선배……."

"힘내, 아코……!"

사고가 나도 좋아, 실패해도 좋아.

"단지, 그 이상 트라우마를 짊어지지 마……!"

"선배. 걱정하는 내용이 무서워요."

"어쩔 수 없잖아!"

뭔가 할 때마다 트라우마를 늘리는 녀석이니까!

『아코~!』

『기다렸어요~!』

일부의 성원과 박수 속에서 아코가 조용히 등장했다.

"…………아, 안녕하세요……."

『오오~!』

『귀여워!』

그런 목소리가 객석에서 들렸다.

그야 그렇지. 아코는 게임 의상을 제대로 입고 나왔으니까.

곤란하게도 자신과 닮은 캐릭터에게 입히기 위해 만든 옷이라서 잘 어울렸다.

"으~음. 잘 어울리네."

"귀여워요."

우리는 스테이지에 올라간 딸을 바라보는 보호자 같은 기분으로 귀엽구나, 라고 말했다.

"그럼 타마키 아코 양. 자기 어필 부탁합니다!"
"네, 네에."
아코는 아키야마의 재촉을 받아 마이크를 잡았다.
"타…… 타마키 아코……입니다……."
그리고 고개를 숙이더니—.
"이상이에요."
그렇게만 말하고는 스테이지에서 내려갔다.
아니, 끝?! 그것뿐?!
"기다려, 기다려, 기다려."
아키야마가 황급히 만류하러 들어갔다.
"왜 그러시나요, 세테 씨."
"지금은 나나코라고 불러! 이게 아니라 저기, 타마키 양? 자기 어필은 딱히 없나요?"
"없어요!"
단언하는 말투가 나오자 체육관에서 웃음이 새어 나왔다.
그, 그렇겠지. 스테이지에 올라갈 용기는 있어도 어필할 건 하나도 없으니까.
"……선배 주변에는 이상한 사람밖에 없네요."
"말하지 마."
아코는 우리 부에서도 상위에 속하는 이상한 사람이니까.
"그럼 이쪽에서 질문할게요. 응모 용지에 남편이 있다고 적혀있던데요."

"네. 있어요."

관객들이 오오~, 하고 놀라워했다.

그리고 주변에서 힐끔힐끔 이쪽을 보는 사람이 있는데, 왜 들킨 거지?

"물론 고등학생 주부라는 건 아니지만…… 아, 남편 괄호 임시가 저기서 보고 있네요. 니시무라~?"

"루시아~안!"

우와, 아코가 나를 보고 손을 흔들고 있잖아!

"…………."

후타바가 말없이 나한테서 멀어졌다!

이 배신자!

"어, 으음…… 아코, 힘내라~."

일단 손을 흔들어줬다.

『안 돼에에에에!』

『죽어~!』

『짜증나~!!』

성원이 나한테 다정하지 않은데?!

"그럼 이번에는 부인의 귀여움을 남편에게 보여주기 위해 참가한 거군요."

"저는 별로 귀엽지 않은데요…… 왜 여기 나온 건지도 잘 모를 정도라……."

『귀여워~!』

『나랑 결혼해줘~!』

"무리에요!"

아코는 성원에 곤란해했다.

옆에 아키야마가 있어서 그런지 아직 표정에는 여유가 있고 어지간한 다른 참가자들보다 말을 더 많이 하고 있었다.

"이거 안 되겠는데."

"지켜주고 싶은 느낌, 있네요."

"응원하고 싶어지네."

다들 교복이나 연극 의상으로 나오는 가운데 진짜로 코스프레하고 등장했다.

다른 평범한 어필과 달리 아키야마와 서로 응수하면서 대화를 나누고 있는지라 듣다 보면 즐거웠다.

이거 자칫하면 정말로 이겨버릴지도 모른다.

"타마키 아코 양이었습니다~!"

"가, 감사합니다……."

아코는 꾸벅꾸벅 고개를 숙이고 돌아갔다.

조금 부끄러운 듯이 스커트 옷자락을 누르고 있는 모습이 내가 봐도 귀엽다.

"아직 나오지 않은 사람, 누구죠?"

"앞으로 몇 명 안 남았을 텐데……."

우리의 기대를 모으는 별, 세가와 아카네가 아직 나오지 않았다.

순서는 랜덤이라고 하는데 역시 예선 상위라서 그런지 미루고 있는 것 같았다.

"세가와에게 기대할 수밖에 없겠어. 맡겨두라고 했는데 뭘 할 생각이지?"

"기대돼요."

그리고 우리의 목소리에 응하듯이 아키야마가 말했다.

"다음은 예선 통과 2위! 세가와 아카네 양!"

『기다렸습니다~!』

『아카네, 힘내!』

『아카네 귀여워 아싸!』

관객들이 끓어올랐다.

그리고 박수와 환성 속에서 스테이지로 등장한 조그만 그림자.

"……어? 교복이 아니야?"

"저 옷……."

세가와가 입고 있는 건 평소의 교복이 아니었다.

핑크색의 하늘하늘한, 무척 귀여운 디자인의 드레스.

머리 위에는 쫑긋쫑긋 움직이는 고양이 귀가 흔들리고 있었다.

"……돼지 선배?"

"진짜냐, 저 녀석……."

맡겨두라고, 화제는 전부 가져가겠다고 확실히 그렇게 말했었다.

하지만 이렇게까지 하는 거냐.

이 수많은 관중 앞에서, 너는— 세가와 아카네는—.

"고양이공주 씨 코스프레를 한 거냐……!"

"다들~, 오래 기다렸다냐~☆"

게임에서도 손꼽히는 공주 플레이어가 자신감을 가지고 디자인한 고양이공주 세트.

그걸 완벽하게 입고도 남을 미소녀가 반짝이는 미소와 함께 말했다.

"엔트리 넘버 9번! 세가와 아카네다냥☆"

아아, 돼지공주님!

돼지공주님이 현실에 강림해버렸다!

오오오오오오 하고 놀라운 목소리가 나왔다. 그야 그렇겠지!

그 놀라움이 사라지기도 전에.

"그럼 어필을 부탁드립니다~."

"네☆ 뮤직, 스타트☆"

어째서인지 반주가 흐르기 시작했다!

"달~링 아이 러브 유~♪"

노래를 부르고 있어!

"매~일~이~♪ 반짝반짝~♪"

게다가 춤까지 추잖아아아아!

어디 사는 아이돌인가 싶은 미소녀가 고양이공주 씨 의상을 입고 노래하고 춤춘다!

게다가 노래방에서 봤던 그때와 마찬가지로, 완벽하게 복사한 노래와 댄스는 압도당할 정도로 완성도가 높았다!

『귀여워어어어!』

『우오오오오오!』

당황할 새도 없이 팍팍 꽂히는 전력 어필에, 관중들은 아무 생각 없이 흥겨워했다.

“우와…… 레벨이 다르네…….”

“한다면 전력. 역시 돼지 선배.”

후타바는 그렇게 나와야지, 라는 듯이 고개를 끄덕였다.

학교 미스콘 수준으로 어필한 다른 학생들과는 차원이 다르다.

내 귀여움을 봐라! 그런 전력을 담아서 치고 들어오는 혼신의 스테이지.

맡겨둬라, 괜찮다, 그렇게 말할 만했다.

“응. 세가와. 진짜로 귀여워.”

어안이 벙벙해진 채 지켜볼 수밖에 없는 내 옆에서 후타바가 나지막하게 말했다.

“하지만…… 주직업인데, 어른스럽지 않네요.”

지당하신 말씀입니다.

우승자는 관객들의 박수 크기로 정해진다고 한다.

어필 후, 전원이 단상에 올라와 최종 투표를 시작했다.

그러나 어느 참가자도 박수가 적다. 아코 때도 박수는 거의 없었다. 그야 그렇지. 아코를 고를 것 같은 오타쿠 표는 전부 저 녀석이 가져갔으니까.

"그럼 다음! 타마키 아코 양이 제일 근사하다고 생각하는 분~!"

드문드문 박수가 이어졌다.

관객이 누구를 위해 표를 남겨놨는지는 명백했다.

"그럼 다음 사람, 세가와 아카네 양이 제일 근사했다고 생각하는 분~!"

"냐~☆"

『귀여워~!』

『굉장했어~!』

"우와, 뭐야 이 박수!"

"압승."

아까까지의 작은 박수와는 격이 다른, 압도적인 박수가 체육관 전체에 울려 퍼졌다.

개중에는 조금 어이없다는 표정을 지은 여자들도 있었지만 그래도 박수를 보낼 상대가 세가와밖에 없다는 것에는 이의가 없어 보였다.

그리고 아코에게는 미안하지만—.

"선배, 박수쳐도 되나요?"

내가 박수를 보낸 건, 세가와였다.

"괜찮아. 오늘은 세가와가 제일 귀여웠어."

게다가 말이지.

"아코도 박수치고 있잖아."

아코는 단상에서 웃으며 손뼉을 치고 있었다.

마지막에는 조금 이기고 싶었던 분위기를 냈으면서 라이벌에게 표를 주면 어쩌자는 거야.

"……그나저나 세가와, 스테이지 어필에서 오타쿠 싫다는 선언을 했어야 했는데."

결국 그건 포기한 건가.

확실하게 제일 중요한 걸 선택했다면 할 수 없지만.

"……아직 찬스는 있는데요."

"어? 그런데 이미 이벤트는 끝났잖아."

"우승하면, 인터뷰를 해요."

"아…… 확실히……."

그런데, 설마, 그런 말도 안 되는…….

이 정도의 퍼포먼스로 우승해놓고 마지막에 나오는 말이 그거라니.

세가와가 압도적 인기로 우승하자 아키야마가 마이크를 들고 다가갔다.

"축하합니다. 아카네 양! 뭔가 한 마디 부탁해요."

"우승해서 기쁘다냐☆ 응원해준 모두 고마워! 아, 그리고!"

세가와는 스~읍 커다란 숨을 내쉬고는, 관객 전원을 매료할 정도로 약삭빠른 포즈를 잡고 명확하게 말했다.

"나, 오타쿠 같은 건 너무 싫다냐☆"

"저 녀석 무슨 소리를 하는 거야."

"선배 굉장하네요."

굉장하지만, 이 분위기 어쩔 거야.

관객들은 성원을 보내야 하는지, 웃어야 하는지, 태클을 걸어야 하는지 영문도 모른 채 당황했다.

"진짜로 말해버렸어……."

"돼지 선배가 전부 가져갔네요."

유일하게 모든 사정을 아는 실행위원이 스테이지 위에서 진심으로 즐겁다는 듯이 말했다.

"지금까지 기교제, 미스터 & 미스 콘테스트였습니다! 내년도 기대하세요! 기교제는 계속 이어질 거야~!"

뒤늦게 『오, 오오~!』 하고 환성이 솟구쳤다.

"모두 고마워~! 그래도 오타쿠는 싫어~☆"

전원이 관객들에게 손을 흔들며 단상에서 내려오는 가운데, 세가와 아카네는 무척이나 만족스러워 보였다.

진짜로, 이게 뭐냐고…….

"고마워요, 슈!"

"맡겨두라고 했잖아?"

스테이지에 올라간 의상 그대로 부실로 돌아온 미스콘 출전자들은 서로 얼싸안으며 건투를 위로했다.

이거, 마지막의 그게 없었다면 아름다운 광경이었을 텐데…….

"슈를 위한 미스콘이어서, 저는 아무도 신경 쓰지 않았어요!"

"아코는 웃음을 유발하고 무난하게 내려온 느낌이었네."

"그렇죠? 그렇죠?"

어깨에서 힘을 뺀 아코가 말했다.

"이걸로 밤중에 떠올리며 끙끙대지 않아도 되요……."

"대신 내가 괴로워하겠지만!"

그야 뭐, 그렇게나 저질렀으니 당연하다.

"으음…… 이번만큼은 나의 패배다. 돈을 뛰어넘는 매력. 잘 보았다, 슈바인."

"뭐, 응. 딱히 노래하고 춤추지 않아도 마스터한테는 안 졌을 것 같지만."

세가와는 그보다, 하고 다른 방향을 바라봤다.

"그거, 진지하게 안 했으면 패한 상대는 아코도 마스터도 아니고, 선생님이었을 거야."

"어?"

평범한 정장 차림의 선생님이 어리둥절하며 고개를 갸웃했다.

"나? 왜?"

"나 다음에 선생님도 노래했잖아! 그것도 너무할 정도로 잘 불렀고!"

"노래해도 된다면 그게 제일 편하다고 생각했다냐!"

그랬다. 세가와 뒤에 호명된 것이 고양이공주 씨, 사이토 선생님이었다.

아마 학생과는 다른 기준이어서 마지막에 호명된 거였겠지만 그게 정말 어마어마했다.

선생님은 세가와와 달리 차분한 노래를 제대로 열창했다.

흥겨운 느낌은 아니었기에 마지막의 박수는 적었어도 전원이 무난하게 지나갔다면 분명 선생님이 이겼을 거다.

"이 사람 정말 방심할 수 없다니까."

"흥을 떨어뜨리지 않으려고 열심히 했을 뿐인데 말이 심하다냐."

울컥울컥 불만스럽게 말한 선생님은 세가와의 옷— 자신의 의상을 만졌다.

"애초에 선생님의 옷을 멋대로 가져간 건 치사하다냐."

"어차피 못 입으니까 상관없잖아."

세가와는 고양이공주 드레스 모습으로 빙글 회전했다.

"어때? 귀엽지?"

"냐우우우우."

역시 선생님도 자기 옷을 입지 못하는 건 분한 모양이다.

아니, 정말 너무 잘 어울려서 귀엽다니까.

“귀여워!”

문득 그런 목소리가 나왔다.

우리가 아니라, 부실에 들어온 모르는 여자아이가 말했다.

“이거 아까 그 미스콘에 나왔던 거죠?”

“귀여워! 같이 사진 좀 찍어주세요!”

“어, 직접 입고 사진을 찍는 건 상관없지만, 나하고 찍는 건…….”

“그럴 수가! 부탁드려요!”

“여기 같이 서 주세요, 여기!”

“자, 잠깐만?!”

세가와가 끌려가 버렸다.

그대로 모두에게 둘러싸여 사진 촬영회가 벌어졌다.

“인기 많네, 세가와.”

“왠지 안심하게 되네요.”

아코가 부드러운 표정으로 말했다.

“역시 전 자기가 앞에 나가는 것보다 활약하는 사람을 바라보는 게 차분해져요.”

“아코도 같이 찍으면 되잖아.”

“괜찮아요 괜찮아요.”

가끔은 앞에 나가도 될 것 같은데.

“만약 세가와가 주역이라고 해도, 아코는 히로인이다 싶을 정도로 활약했는데?"

"그런 게 아니고요!"

아코는 진심으로 즐거운 듯이 말했다.

"힐러는, 열심히 하는 모두를 지켜보면서 뒤에서 히죽히죽 웃고 있는 게 즐겁거든요?"

"악질이잖아!"

"에헤헤헤헤."

변함없이 알맹이의 유감스러움은 변함이 없었다.

"……루시안."

"응?"

"저…… 귀여웠나요?"

"최고였어."

"그럼, 나가서 다행이었네요!"

아코는 우승한 세가와보다 훨씬 기쁜 듯이 웃었다.

††† ††† †††

우리 반 연극은 투표에서 4위로 건투했지만 베스트 3에는 들지 못하고 끝났다.

그리고 박수 소리를 확실하게 비교해서 발표한, 미스콘 최종 순위는…….

"기교제 미스터 & 미스 콘테스트, 최종 결과는―."

정식 발표 조금 전, 현대통신전자 유희부 부실에서 아키야마는 휴대전화로 두구두구두구, 하고 드럼 롤을 울린 뒤, 세가와를 척 가리켰다.

“우승은, 세가와 아카네 양! 압도적 제1위!”

“이예~이!”

“축하해요!”

“이번만큼은 밀리고 말았군.”

“진짜로 굉장했어. 그거 어디서 연습한 거야?”

“뭐, 이런 일도 있을까 해서, 말이지.”

모두의 축복을 받은 세가와는 쑥스럽게 웃었다.

“돼지공주님…….”

“순순히 축하해줄래~?”

“후오오오오.”

너희 정말로 친하네.

“2위는 설마 하던 사이토 유이 씨. 유이 선생님 어른스럽지 않네~.”

“시, 실력의 결과다냐!”

학생 말고도 견학하던 선생님들이 다들 박수를 보내서 선생님이 2위.

이것도 뭐 예상대로였지만.

“그리고, 3위부터 6위는 우리가 아니니까 바로 넘기고.”

“뭐……라고……?”

아연실색하는 마스터에게 아키야마가 방긋 웃으며 말했다.

“7위, 고쇼인 쿄우 양입니다.”

“큭, 순위가 떨어졌, 다니…… 뭐가 문제인 거냐…….”

“돈이 어쩌고 하는 쓸데없는 이야기를 해서 그래.”

“내 최고의 매력을 어필한 거다만…….”

“마스터의 매력은 그게 아니라고.”

그래도 최하위가 아닌 걸 보면 정당하게 평가해준 것 같다.

“그래서 세테 씨, 저는 몇 위인가요?”

아코가 두근두근하며 묻자 아키야마는 쓴웃음을 지었다.

“훌륭하게도 최하위~! 10위는 타마키 아코 양!”

“해냈어요!”

아코는 승리의 포즈를 잡고 기뻐하며 최하위인 것을 납득했다.

최하위가 되고 기뻐하다니 대체 뭔데.

“그보다 아코, 최하위라도 학교에서 10위의 미소녀라고.”

“아뇨아뇨, 최하위는 예선이 잘못됐다는 말을 듣는 순위라고요.”

착오로 본선에 진출한 사람은 예선에서 1위가 될 수 없을 것이다.

“어, 잠깐만! 기다려봐, 진짜 기다려봐.”

새파래진 세가와가 어휘력이 없어질 정도로 당황하며 말했다.

"10위? 최하위? 내가 노력했다고 해도, 그건 너무 낮잖아!"

"아뇨아뇨, 올바른 순위인데요?"

"예선에서는 1위였는데?!"

"그건 그렇지만."

아키야마가 조금 안쓰러운 표정으로 세가와의 어깨에 손을 올렸다.

"귀엽다면서 아코를 보러 갔던 사람이, 다들 환멸하며 돌아간 것 같아……"

"뭐어?!"

"그 소문이 퍼져서 엄청난 기세로 인기가 떨어진 바람에, 당일에는 그냥 바람잡이 같은 느낌이 됐거든."

"거짓말이지……?"

유감이지만 사실입니다.

다시 말해서, 아코는 틀림없이 귀여웠지만—.

"본인의 말대로, 내면의 유감스러움이 영향을 줘서 단숨에 인기가 떨어진 거야."

"그게 말이 돼?!"

"그러니까 말했잖아요. 귀엽지 않다고."

"1위가 될 정도로 귀여운데, 거기서 최하위까지 떨어질 정도로 알맹이가 엉망진창이라니 어떻게 된 거야!"

"냐우우우우웃?!"

아코의 멱살을 잡은 세가와가 좌우로 마구 흔들어댔다.

"개선해! 알맹이를! 당장! 한시라도 빨리!"

"그런 말을 해도오오오오."

"간단히 바꿀 수 있다면 고생하지 않았다고."

"네가 응석을 받아주니까아아아아아."

"그건 미안해!"

나도 어떻게 하고 싶다고 생각하거든?

"하아…… 나 참. 쓸데없는 짓을 했어…… 왜 내가 학교의 간판이 되어야 하냐고……."

그건 뭐, 저기, 열심히 해주세요.

어느 의미로는 마스터의 뒤를 잇는 거니까 괜찮을 것 같기도 하다.

"그런데 정말로 좋은 추억이 됐어."

"네! 슈 덕분이에요!"

"재미있었어요."

멤버들은 명랑하게 웃었다.

"……그럼."

대충 이야기가 끝나자 마스터가 입을 열었다.

"그럼 다들 앉아주겠나. 조금 중요한 이야기가 있다."

"중요한 이야기, 라뇨?"

"자자, 앉아~."

각자 자리에 앉았다.

선생님이 사용하는 자리에 후타바가 앉고 고문 교사는 벽

쪽에서 지켜봤다.

“하고자 하는 말은 다름이 아니라, 앞으로의 일에 관해서다.”

화이트보드 앞에 선 마스터가 차분한 목소리로 말했다.

“기교제가— 문화제가 끝났다. 문화부 3학년은 은퇴할 때가 왔다는 뜻이다.”

“아…….”

“그러게. 그런 시기네.”

마스터에게 마지막 문화제라는 건 알고 있었다.

마스터가 부장으로서 움직이는 마지막 이벤트였다.

“원래는 내가 은퇴할 때 없어지더라도 상관없는 부라고 생각해왔다. 아코 군을 학교에 매어두고, 우리의 결속을 강화하는 데 사용한다면 언제 폐부되더라도 아깝지 않았지.”

그러나 마스터는 하지만, 하고 우리를 돌아봤다.

“새로운 부원을 맞이하고, 1학년 신입 부원도 동료가 되었다. 나 개인적으로도 이 부가 존속되기를 강하게 바란다.”

전원이 고개를 끄덕였다.

“거기서, 현대통신전자 유희부의 이후를 맡기기에 합당한, 새로운 부장을 임명하고 싶다.”

부장— 마스터의 뒤를 잇는 온라인 게임부 부장인가.

긴장된 분위기가 부실 전체를 감쌌다.

마스터는 대체 누구의 이름을 거론할까?

현대통신전자 유희부, 부장은 부원의 얼굴을 순서대로 바라봤다.

원래 부부장이었던 나, 첫 부원인 아코, 계속 함께 즐겨왔던 세가와, 믿음직한 만능 캐릭터 아키야마, 기대의 신인 후타바. 한 명씩 또렷하게 눈을 마주 봤다.

그리고 마지막으로 선택한 것은—.

"슈바인— 세가와 아카네. 나는 너에게 이 부를 맡기고 싶다."

"어…… 나?!"

부장이 되는 것을 제일 싫어하던 세가와였다.

"좋을 것 같아요!"

"축하해, 세가와!"

"아카네, 축하해!"

"돼지 부장."

"미캉은 나중에 잠깐 나 좀 보고! 너희도 좋아하면서 떠넘기지 말라고!"

"절대 그런 건 아니거든요."

아코가 눈을 돌렸다.

진짜진짜 떠넘기는 거 아니라고.

좀 더 정확하게 말하자면—.

"정말로, 세가와가 부장을 맡는 게 제일 좋다고 생각해."

"맞아. 아카네가 좋아."

"음."

마스터도 동의하며 말했다.

"리더가 되어 모두를 이끌 수 있는 건 슈바인이라고, 예전부터 생각해왔다. 부에 소속되는 것을 밝히려 하지 않는다는 이유로 그동안 후보에서 제외해왔지만."

마스터는 다정하게 웃으며 물었다.

"이젠, 괜찮지 않나?"

"……뭐, 부활동을 숨길 생각은 없지만."

세가와는 기쁜 듯한, 곤란한 듯한 표정으로 말했다.

"딱히 니시무라나 나나코라도 상관없었잖아? 그보다, 나나코에게 부탁하려고 했던 게……."

"거절했으니까!"

"거절했어?!"

"게다가 자연스럽게 아코는 제외했네."

"감사합니다."

거기 아코, 고마워하지 마.

"리더십, 무드 메이커. 그런 점에서 뛰어난 건 물론이지만, 무엇보다 큰 이유는 동료를 생각하는 마음이다."

뚜벅뚜벅 부실을 걸어온 마스터는 아코의 어깨를 탁 두드렸다.

"이번 미스콘, 자기 몸을 희생해가며 아코를 도와주려 한 슈바인의 모습, 잘 봤다. 부장으로 어울리는 건 그런 사람이다."

"난, 그럴 작정은……."

"거짓말하지 마. 아코를 내버려 둘 수 없다고 했었잖아."

"말하지 말라고!"

슈바인 님은 동료를 버리지 않는다는 롤플레이 쪽의 이유가 없더라도, 세가와는 언제나 동료를 위해서라면 싸우는 것도 꺼리지 않는다.

"내가 반에서 욕먹을 때도 진짜로 화냈었잖아."

"제가 붕 뜨지 않도록 엄청 도와줬었고요."

"학년이 다른 나를 위해서 자주 연락을 주었던 건 슈바인 너다."

"내가 계속 게임을 해올 수 있었던 건, 아카네와 놀고 싶어서였어."

"가장 잘 놀아주는 선배."

"…………너희들."

한 명 한 명이 말하자 세가와의 눈동자에 천천히 눈물이 고였다.

"선생님도, 세가와가 부장에 제일 잘 어울린다고 생각해."

고문 선생님도 미소를 짓고 새로운 부장 추천을 지지해줬다.

"—응, 알았어!"

세가와는 일어나서 빨개진 뺨과 눈물 맺힌 눈동자를 숨기듯이 고개를 들고—.

"오늘부터 내가, 이 온라인 게임부의 부장이야! 다들 나를 따라오라고!"

"좋았어~!"

"부장 회피!"

나와 아코가 승리의 포즈를 잡았다.

"역시 떠넘기려고 한 거잖아!"

"아니아니, 농담이라니까!"

쑥스러운 걸 감추려는 거야.

정말로, 세가와가 제일 잘 어울린다고 생각해.

"다른 멤버 말인데, 세테는 경험이 적어서 불안하다는 점도 있지만, 그녀는 역시 한 발짝 물러난 시점에서 움직여줬으면 좋겠다고 생각했다."

"맡겨둬!"

아키야마는 그런 걸 좋아하는지 기뻐 보인다.

"루시안— 니시무라 히데키. 네게는 부부장을 부탁하고 싶다."

"……뭐, 그렇게 되겠지."

그럴 것 같았다.

그보다 원래 이 부의 부부장은 나였으니까.

"뭐, 세가와가 당하지 않도록 지켜주는 건 원래 내 일이니까."

"탱커는 부탁할게. 부부장."

"딜은 기대하고 있다고, 부장."

부장과 부부장이 주먹을 툭 맞댔다.

역시 나와 세가와는 이런 관계가 좋다니까.

"아코— 타마키 아코. 오해하지 말았으면 하는데, 네 능력이 부족해서 직함을 맡기지 않은 건 아니다."

"아뇨. 능력이 부족하고, 하고 싶지도 않으니까 정말로 기쁜데요."

"그렇게 진지하게 말하면 좀 더 전력을 다해보라고 말하고 싶어진다만."

마스터는 정말 조금도 상처받지 않은 표정인 아코에게 미묘한 시선을 보내며 말했다.

"아코 군의 장점은, 직함 같은 책임을 짊어지지 않을 때 비로소 발휘된다고 생각하니까. 자유로운 상태라면 너는 전원의 힘이 되어줄 수 있겠지."

"그럴까요?"

"일단 근처에 있어 줬으면 좋겠다는 건 확실해."

"그러게. 있으면 차분해지니까."

"나는 아코가 없는 건 생각할 수가 없어."

"선배, 치유계."

"힐러니까요!"

아코는 기쁜 듯이 지팡이를 붕붕 휘두르며 말했다.

"알겠습니다. 그늘 속의 공로자로 힘낼게요."

"음. 그리고 후타바 미캉. 너는 앞으로의 발전을 기대하고 있으마."

"네. 실력으로 부장 자리를 빼앗을게요."

강하다고 빼앗을 수 있는 건 아니지만 말이지.

“그럼, 지금 이 순간부터 현대통신전자 유희부는 새로운 체제로 이행한다. 이 부를 키우고, 발전시키는 것은 생각하지 않아도 좋아. 부원 한 명 한 명이 보다 좋은 나날을 보내기 위해서 이 자리를 활용했으면 좋겠다.”

“응…… 알았어. 반드시.”

새 부장 세가와가 대표로 대답했다.

세가와 부장, 내가 부부장. 보좌인 아키야마와 마스코트 아코, 그리고 내부의 적 후타바.

체제는 갖춰졌다. 이걸로 마스터에게 남은 일은 아무것도 없다.

“……그럼, 이상이다.”

마스터는 후우, 하고 숨을 내쉬며 자기 의자에 앉았다.

“그럼…… 나는 현대통신전자 유희부를, 은퇴한다.”

앞으로 마스터는 OG. 오늘부로 은퇴다.

“마스터, 고마웠어!”

“수고하셨어요.”

“쿄우 선배, 즐거웠어!”

“고쇼인, 무척 근사한 부활동이었어.”

“그래, 정말로…… 멋진 시간이었다…… 이제, 여한은 없어…….”

아니, 마스터?!

“다 타버렸어, 새하얘졌다고!”

"정신 차리세요, 마스터!"

"내가 죽은 뒤에도…… 즐겁게 보내거라……."

"정신 차리라니까!"

변함없는 매일을 보내더라도 무언가가 조금씩 변해간다.

우리는 마침내 미래로 나아가는 첫걸음을 밟은 것 같은, 그런 기분이 들었다.

에필로그

"이상적인 나를 포기하지 않아!"

And you thought there is Never a girl online?

명백하게 오타쿠였지만 본인이 그렇게 말하니까 정말로 싫은 걸지도 모른다.

오타쿠에게 인기는 있지만 오타쿠를 싫어하는 예능인처럼…….

그런데 아무리 봐도 오타쿠인데— 아, 진짜 모르겠어!

문화제가 끝난 뒤, 세가와 아카네에 대한 평가는 이랬다.

오타쿠 같다. 적어도 오타쿠를 이해하고는 있다. 그러나 오타쿠는 싫다고 한다.

잘 모르겠지만, 뭐 됐다! 귀여우니까!

이런 식으로 세가와에게는 납득이 가는 결과가 나온 모양이다.

또한, 체험 입부한 두 사람은—.

"그건 좀, 무리일지도."

"아카네처럼 노력할 수는 없어~."

이렇게 말하면서 부활동에는 참가해주지 않았다.

뭐랄까. 안심하기도 했고, 유감스럽기도 했다.

참고로 아코는 스테이지에서도 내 이야기밖에 하지 않았

기 때문에, 타마키는 정말 그런 것에 흥미 없는 것 같다는 안정된 대우를 받게 되었다.

내 포지션이 완전히 굳어진 것 말고는 아무 문제도 없었다. 네.

"……안뜰에서 미즈키와 이야기하고 나서 교실로 돌아왔더니 여자들한테 설교를 들었지만."

"니시무라도 귀찮은 처지가 되었네……."

여동생과 이야기하는 것 정도는 괜찮잖아.

왠지 학교 전체가 감시하는 것 같아서 무섭다고…….

"방심하면 안 돼요. 남의 남편을 빼앗는 게 취미인 여자도 있으니까요."

"니시무라는 상담해달라는 여자한테 약하니까."

"그건 알겠어!"

"선배, 밀어붙이는 것에 약함."

"다정하니까 그렇다냐."

아코, 아키야마, 세가와에 후타바, 그리고 선생님.

부실에 모인 이들 전원이 말했다.

난 그렇게 불안해 보이나?

"나 참…… 이럴 때 마스터는 일단 커버를 해주는데."

"……그러게."

부실에는 전원이 모여 있었다.

단지, 그곳에는 우리의 믿음직한 마스터는 없다.

이미 은퇴한 사람이 이 부실에 올 일은 없으니까.

"쓸쓸하네요."

"그런 말 하면서 시무룩해지는 거, 마스터는 바라지 않을 거야."

"그러게. 즐겁게 부활동을 계속해야지."

"후타바의 컴퓨터가 부족하기도 했으니까, 타이밍은 좋았을지도."

확실히 후타바의 컴퓨터가 없어서 지금까지는 선생님 것을 빌리고 있었다.

이걸로 숫자가 충분해진 셈이다.

"전 부장의 컴퓨터, 긴장되네요."

후타바는 두근두근한 표정으로 마스터의 자리에 앉으려 했다.

바로 그때.

똑똑, 누가 부실 문을 노크했다.

"어, 누구지?"

"설마 마스터가!"

"은퇴 다음 날에는 안 오지……."

"쿄우 선배라면 노크하지 않을 테니까."

"들어오세요."

아직 앉지 않은 후타바가 살짝 문을 열었다.

그곳에 있는 건 마스터가 아닌, 다른 학생도 아닌.

"안녕하세요. 반입입니다~."

작업복 차림의 형이었다.

"어, 반입?"

"네. 컴퓨터 책상과 본체, 모니터입니다. 장소는 여기가 맞겠죠?"

몇 명의 작업원이 우르르 들어와서 잽싸게 빈 공간에 책상을 조립하고 컴퓨터를 설치했다.

"실례했습니다~."

그리고 사사삭 나가버렸다.

"저기…… 선생님? 이거 뭐야? 부장인 나는 모르는 일인데."

"괜찮다냐. 고문인 선생님도 모른다냐."

"그렇다면……."

가능성이 있는 건 한 명뿐이다.

"오오, 마침 도착했나. 타이밍이 좋았구나."

마치 꾸미고 있었다는 타이밍으로 마스터가 들어왔다!

"역시나! 역시 마스터의 짓이었어어어어어!"

"당신 뭐 하는 거야!"

"왜 화내는 거냐?! 당연한 일 아니냐!"

마스터는 뜻밖이라는 듯이 허리에 손을 대고 말했다.

"후타바의 컴퓨터가 없었으니 새로 들인 거다. 금액은 변하지 않았지만 다소 스펙은 올라갔다. 잘 사용해라."

"고맙습니다."

후타바가 기뻐하며 자리에 앉았다.
아니, 그건 상관없지만…….
"그러면 마스터 자리가 남지 않아?"
"어째서 남는 거냐."
마스터는 진심으로 의아한 듯이 말하며 평소 자리에 앉았다.
"내가 사용하지 않나."
"앞으로도 쓸 건가요? 마스터?"
"당연한 소리를 하는군."
에에에에엑?!
"당신 은퇴했잖아!"
"3학년은 문화제로 은퇴하잖아?!"
"음. 나는 어제 은퇴했다."
마스터는 태연하게 말했다.
하지만 그 후에 훗훗훗, 하고 의기양양하게 웃었다.
"하지만 너희도 실감했을 텐데, 온라인 게임은 그만두고 싶어도 간단히 그만둘 수 없는 거다."
"그런 문제야?!"
"확실히 금단증상은 나왔지만!"
그렇다고 다음 날에 오지 말라고! 전혀 안 참았잖아!
"게다가, 다들 알고 있겠지?"
모두를 돌아본 마스터는 여전히 즐거움이 가득한 미소로 말했다.

"은퇴한다고 말하고 그만둔 사람은, 바로 돌아오는 거다!"

"…………."

"뭐랄까…… 화내봤자 별수 없을 것 같네."

"돌아와 줘서 기뻐요."

"아코 군은 솔직해서 좋구나. 핫핫핫."

뭐, 그럴 것 같긴 했지만…….

"어제는 왠지 숙연해 보였으니까 진짜 은퇴할 줄 알았어."

"걱정했어요!"

"쿄우 선배니까, 말이지."

"은퇴는 했다. 어디까지나 OG로 얼굴을 내밀 뿐이다."

"뭐, OG는 부실에 오지 말라고 할 수는 없다냐."

그건 선생님도 막을 수 없는지 쓴웃음을 지을 뿐이었다.

"자, 오랜만에 파티 사냥이다! 준비해라!"

"어디 갈까요?"

"해저 신전용 새로운 장비를 만들었다. 가보지 않겠나! 1회용 부스터를 사용하면 원킬이다!"

"고양이공주 씨한테 다 맡기라냐."

"힐 가능해요."

"100마리는 무리 아닐까?"

각자 와글와글 떠들기 시작했다.

"…………."

"…………응?"

그런 가운데, 혼자 진지한 표정을 지은 세가와와 눈이 마주쳤다.

—아, 그런 거였나.

왠지 모르게 그녀가 하고 싶은 말을 알아챘다.

(힘내라, 부장.)

(그래그래. 나한테 맡기라고.)

"자, 주목!"

짝, 하고 손뼉을 친 세가와가 시선을 모았다.

"부장 명령이야! 무모한 사냥도! 핵과금도! 폐인 플레이도 금지!"

"뭐, 라고……?!"

"폐인 플레이는 괜찮잖아요!"

"안 돼! 온라인 게임만이 아니라 공부도 할 거야! 특히 거기 수험생!"

"나 말이냐?!"

"매번 치는 모의고사 결과 보여줘! 성적이 떨어지면 만회해야지!"

"뭐, 라고……."

"다른 전원도, 시험 결과는 나한테 제출! 낙제점 같은 한심한 짓은 결단코 용납 못해!"

실은 제일 멀쩡한 인간일지도 모르는 세가와 부장의 일갈이었다.

모두가 인정한 새 부장의 선언에 거스르는 사람은 아무도 없었다.

"응응. 세가와가 부장이라 다행이다냐."

"오히려 슈를 부장으로 올린 건 실패였던 것 같은데……."

"말해두는데, 내가 책임자가 된 이상 타락한 길로는 가지 못하게 할 거니까!"

세가와는 자리에서 일어나 주먹을 움켜쥐었다.

"나는 이상적인 나를, 멋있는 나를 포기하지 않아! 그러니까 너희도 이상적인 자신을 포기하게 두지 않겠어! 함께 노력하는 거야!"

"우우우, 저는 대충대충 살아도 되는데요."

"안~돼~! 네가 제일 노력하라고!"

변하는 것이 있을지도 모르지만 변하지 않는 것도 있다.

적어도 우리는 변하지 않으면 안 된다는 말을 듣는다고 순순히 인정하는 타입도 아니니까.

"에에잇, 귀찮은 일은 나중에 한다! 던전으로 가자!"

"내가 부장인데 마스터가 지휘하는 건 이상하지 않아?!"

"아쉽게 됐구나! 부장은 슈바인이라도, 길드 마스터는 바로 나다!"

"더 복잡해졌을 뿐인 것 아닐까요……."

"즐거우면 뭐든 상관없잖아."

어제와 같은 것 같지만 조금은 다르다.

하지만 즐겁다는 건 전혀 변하지 않았다.

그런 오늘이 시작되었다.

■작가 후기

보이스 채팅을 열었습니다.

오랜만에 뵙습니다. 혹은 운명의 인도를 받아 이 페이지만 힐끔 보신 분들은 처음 뵙겠습니다.

키네코 시바이입니다.

『온라인 게임의 신부는 여자아이가 아니라고 생각한 거야?』는 이번 이야기로 Lv.17.

온라인 게임에서 Lv.17이라면 슬슬 게임에 익숙해지고 지식도 늘어서 자신이 플레이하는 캐릭터의 스킬, 스테이터스, 캐릭터 메이킹 등에서 후회하는 점이 나오게 되는 시절이라고 생각합니다.

다시 만들고 싶다, 재시작하고 싶다. 그런 생각을 하면서도 자기 캐릭터를 그대로 사용하게 되죠. 마음에 들지 않는 부분이라도 그건 그것대로 애착이 가니까요.

이번에는 그런 Lv.17의 마음을 담은 한 권이었습니다.

자, 모처럼이니 제가 과거에 즐겼던 게임에서 Lv.17이었던 무렵에 일어난 사건을 소개— 하고 싶은데 지면이 모자라군요! 어쩔 수 없으니 세 줄로 말하겠습니다!

첫 친구.

귀여운 힐러 여캐.

1인칭이 나.

—이상입니다. 지금도 친구지만 당시에는 충격이었습니다.

보이스 채팅 끕니다.

보이스챗을 꺼서 조용해졌으니 감사와 사과의 멘트입니다.

일러스트의 Hisasi 씨. 일러스트를 기대하면서 쓴 장면이 몇 군데 있었는데, 그것들이 모두 기대를 뛰어넘는 근사한 것들이라서 정말 언제나 감사하고 있습니다.

역대 최고급으로 수고를 끼친 담당님. 이젠 다음에는 괜찮을 거라고 말씀드리는 것도 송구스러울 정도입니다……. 다음에도 민폐를 끼치리라 생각됩니다만 잘 부탁드립니다……!

코미컬라이즈의 이시가미 카즈이 씨. 전 이미 완벽하게 즐기는 독자가 되었습니다만, 언제나 즐겁게 읽고 있습니다. 감사합니다.

마지막으로 독자 여러분. 손에 들어주신 분의 힘으로 지금까지 계속해올 수 있었습니다. 정말로, 정말로 감사합니다.

그럼 기회가 된다면 또 뵙도록 하죠.

키네코 시바이였습니다.

■역자 후기

안녕하세요. 불초 역자입니다.

작품에서는 두 번째 문화제가 찾아왔네요. 저번에는 공성전으로 북적였지만, 이번에는 조금 얌전한 기획이다 싶었는데 슈바인 커밍아웃의 위기가 닥쳐와서 이번에도 북적이는 이야기가 되었던 것 같습니다. 언젠가는 저지를 것 같았는데 사실 제 예상보다는 좀 늦었어요. 세가와가 워낙 허당이다 보니 한 10권 안팎에서 터져버릴 사건으로 보고 있었는데……. 아무튼 이번에는 세가와의 여러 면모를 볼 수 있었고, 그녀의 매력도 부각되는 이야기였던 것 같습니다. 물론 이 소설 특성상 이러고도 히로인으로는 성립되지 못하지만요. 미련이 아주 없지는 않다는 묘사가 힐끔힐끔 보이는데 아시다시피 워낙 본처가 확고한지라. 아코의 철옹성은 아마 끝날 때까지 변하지 않겠죠.

그럼 후기는 이쯤 하고, 다음 권에서 뵙겠습니다.

온라인 게임의 신부는 여자아이가 아니라고 생각한 거야? 17

초판 1쇄 발행 2020년 5월 10일

지은이_ Kineko Shibai
일러스트_ Hisasi
옮긴이_ 이경인
일본판 오리지널 디자인_ AFTERGROW

발행인_ 신현호
편집부장_ 윤영천
편집진행_ 김기준 · 김승신 · 원현선 · 권세라 · 유재슬
편집디자인_ 양우연
국제업무_ 정아라 · 전은지
관리 · 영업_ 김민원 · 조은걸 · 조인희

펴낸곳_ (주)디앤씨미디어
등록_ 2002년 4월 25일 제20-260호
주소_ 서울시 구로구 디지털로 26길 111 JnK디지털타워 503호
전화_ 02-333-2513(대표)
팩시밀리_ 02-333-2514
이메일_ lnovelpiya@naver.com
L노벨 공식 카페_ http://cafe.naver.com/lnovel11

ISBN 979-11-278-5540-6 04830
ISBN 979-11-278-4218-5 (세트)

값 7,800원

레전드 1~7권

칸나즈키 코우 지음 | 유우나기 일러스트 | 김장준 옮김

고등학교 2학년 여름 방학, 사에키 레이지는 사고로 목숨을 잃는다.
정신이 든 그의 앞에 나타난 것은 이세계 대마술사 제파일이었다.
"그대에게는 숨겨진 마력이 있다네.
그 재능으로 나의 일문이 만들어 낸『마수술』을 계승해주게."
부탁을 승낙한 레이지— 레이는 이세계 엘진에서 제2의 인생을 걷는다.
새로운 육체와 더없이 강력한 매직 아이템 그리고 파트너인 마수(그리폰) 세트와 함께…….
이것은 이세계에 새로운「전설」을 새길 소년의 이야기.

『마수(그리폰)』를 파트너 삼아 소년이 새기는 전설이 지금 시작된다!

L NOVEL

라이트노벨의 새로운 빛! L노벨의 신간은 매월 10일에 발매됩니다. http://cafe.naver.com/lnovel11